最凶の恋人 ―虎の尾―

FUUKO MINAMI
水壬楓子

Illustration
しおべり由生

SLASH
B-BOY NOVELS

この物語はフィクションであり、実際の人物・団体・事件等とは、一切関係ありません。

CONTENTS

great risk ―虎の尾―

駅の改札を出てうっすらとした湿り気を肌に感じ、遙《はるか》は無意識に天を振り仰いだ。

空が低く、朝からどんよりと重そうな灰色の雲が広がっている。六月に入り、すっきりしない天気が続いていた。そろそろ本格的な梅雨入りだろう。

今日はその前に必要な買い物をすませておこうと、ひさしぶりに街へ出てきたところだった。

平日の午後。

大きな駅を避け、混雑する時間帯でもなかったせいか、駅前とはいえさほど人通りは多くない。

本屋に寄ろうと、そちらの方向に改札を出たところですれ違った若い男に、ふっと遙は注意を引かれ、少し行った先でとっさに振り返った。

男は駅の構内へ入ることなく手前の壁際で立ち止まり、誰かを待つように落ち着きなくあたりを見まわしている。

その横顔に、どこか見覚えがあるような気がしたのだ。

まだ二十歳そこそこの若い男。

いくぶん身についていない安物のスーツ姿で、神経質にネクタイの結び目に何度も手をやっていたが、ふいに飛び上がるようにポケットから携帯をとり出した。

着信があったようで、あわてて電話に出ている。

「――あっ、はい、俺です。……問題ありません。……ええ、少し前に電車に乗るって連絡があったんで……はい。……はい、大丈夫です。……あの、でも、……い、いえっ。はい、わかりました」

少しばかり緊張した様子で答えている高めのトーンに、遙はやっぱり、と確信した。

覚えのある声だ。

五年ぶり、になるのだろうか。

かつての教え子だった。

中城《なかじょう》――確か、名前は聡司《さとし》、だったか。

クラスの担任だったことはなかったが、教科を受け持っていた。

当時、彼はまだ中学生、そう、中三の時と、高一の時の二年間。

遙が地方の中高一貫である全寮制私立、瑞杜《みずもり》学園で教鞭《きょうべん》を執っていたのはたった二年間だったが、その二年とも彼は遙の担当するクラスにいた。

当時、中学の一年から三年、そして高校一年生の地歴を担当しており、院卒だったのでそこそこの年齢だったとはいえ、新任だった遙は、特に中三の男子たちにはよく遊ばれていたものだ。

まあ、よく言えば、懐かれていたのかもしれない。

私立校だと基本的に異動がなく、卒業するまで教職員の顔ぶれはほとんど変わらない。その中で比較的若かった遙などは、馴染《なじ》みやすく、話しやすかったのだろう。

年配の教員が多い中で、いい兄貴代わり、というのか。

実際、全寮制だとそうした役割も求められていたのだろうし、遙自身、瑞杜の出身だったので、彼らの気持ちがわかるところもある。寮生活の厳しさや、難しさ、先輩や寮舎監《しゃかん》とのつきあい方などだ。

スポーツが盛んな学校だったから、それを目指してきた子供たちは学園生活の目的もはっきりとしており、さほど迷ったり、鬱屈《うっくつ》したりすることはなかったのだろう。

だが中学から全寮制に放りこまれる子供たちの半分くらいは、やはり訳ありだった。

遙にしても、十歳で両親と死に別れていたし、柾鷹《まさたか》などは——そう、ヤクザの息子、だったわけだ。

千住《せんじゅ》柾鷹。

その瑞杜学園で中学の時に出会い、高校からの三年間、ルームメイトだった男。

現在は指定暴力団神代会《かみしろかい》系千住組の組長であり、遙の——まあ、恋人、と言っていいだろう。

もちろん、遙が自分からそんな、相手を調子に乗らせるようなことは言ってやらないが。

遙の在学中だけでなく、そこに勤めていた頃にも、系列のヤクザの子弟は在学していた。柾鷹の息子である知紘《ちひろ》や、その守り役である生野《いくの》もだが、それ以外でも何人か。

他にも、政財界、芸能界の著名人の庶子《しょし》やら、あるいは家族の誰かが服役中という子供もいた。

中城聡司は、そこまでハードな背景ではなかったはずだ。確かまだずいぶんと幼い頃に両親が離婚し、母親に引き取られたのだが、水商売をしていた母親が夜は面倒をみられないから、ということで瑞杜へ入学したようだった。

遙から見れば年相応だったが、お調子者で、少しばかり生意気なところもあった。

『先生はカノジョとかいないの？　こんな山の中じゃ、たまるんじゃゃねーの？』

粋《いき》がって、わざとそんな下ネタを口にしてからかってくるような。

だがそれも、やはり淋しさを紛らわせるためだったのかもしれない。

寮の先輩とトラブルを起こし、遙が仲裁してやったことがあったからか、比較的よく遙のところに話しに来る生徒だった。

『なんだよ…。ずるいよな。結局、先生はさっさとこんなとこから逃げ出すんだ』

遙が学園を去る時、そんなふうにいらだたしげに吐き出されたことを覚えていた。

逃げるつもりではなく、瑞杜にいられなくなったから辞めるしかなかったのだが、その本当の理由を口にすることはできなかった。

……ヤクザと、というよりも、生徒の保護者と、しかも男と、身体の関係がある、などと。

あれから五年。今は二十歳か、二十一、のはずだ。中城の進路はわからなかったが、進学していれば、大学の二、三年というところか。

中学の頃はまだあどけなさも残っていたが、あれから身長も伸び、さすがに大人の顔つきになっていた。それでも十分に当時の面影はある。

あの頃はファッションに興味があったようで、しかし山の中の学校では当然、オシャレをする機会も場所も金もなく、かなり窮屈《きゅうくつ》な思いをしていたようだった。

一度など、夏休みを終えて帰校した時に、毛先を跳ねさせた髪をオレンジっぽい茶髪に染めていて、生活指導の先生に大目玉を食らっていた。

自由になった今なら、どんな髪型にでもできるはずだが、今はしっかりと黒髪で、少し長めの髪を後ろにきっちりと撫でつけているのが、スーツ姿と相まって妙にそぐわない。

進学ではなく、就職したのだろうか？

元気そうではあるが、そわそわと、どことなく不安げな表情が気にかかった。仕事が大変なのかもしれない。

やはり懐かしい思いはあり、声をかけようか、と一瞬、迷う。

だが今の自分にしてやれることはなく、むしろ、うかつに関わると迷惑になりかねない。

思い直して、行き過ぎようとした時だった。

駅の改札を通って、七十過ぎだろうか、髪も白い小柄な女性がきょろきょろとあたりを見まわしながら出てきたのが目に入る。

そして中城に目をとめると、おずおずとした様子で近づいた。

「あ…あのぅ、高橋《たかはし》さんでしょうか？」

「は、はい。ええと、浜田《はまだ》さんですね？」

二人の間で交わされたそんな会話がちらりと耳に入り、遥はわずかに眉をよせた。

――高橋……？

名字が変わった可能性もゼロではないだろうが――しかし。

遥は無意識に息をつめ、さらに耳を澄ませるようにして二人の会話を聞いてしまう。

「このたびは……、あの…、すみません。息子がご迷惑を……」

女性がおろおろとした様子で何度も頭を下げている。

「えっ、いえ、ええ…。その……それで、お願いしていたものですけど…、持ってきてもらえましたか？」

それに、中城が少しばかり緊張した様子で聞き返している。

「は、はい…。一応、ここに……。あの、それで息子は本当に大丈夫なんでしょうか…？」

そう答えた女性の両手には、しっかりとバッグが握られている。

妙に……不穏な会話に聞こえた。

実際のところ、巷《ちまた》でよく耳にする犯罪を想像をさせるには十分なほど。

よけいなことに首をつっこむべきじゃない、とは思う。勘違いかもしれないし、あるいは人違いなのかもしれない。

だがそれなら、それだけのことだった。

思い切って大股に近づいた遙は、ことさら明るい声で男の背中から呼びかけた。

「中城？　中城じゃないか？　ひさしぶりだね」

その声に、ビクッと男の背中が震え、バッと振り返って遙を見た瞬間、大きく目を見開いた。

「あ、朝木《あさぎ》……先生……？」

呆然《ぼうぜん》と、かすれた声が唇からこぼれる。

どうやら間違いないようだ。

「あ、え……？　あの、あなた、高橋さんじゃ…？」

女性があわてたようにギュッとバッグを胸に抱きしめた。

「い、いや、俺は……」

ハッと引きつった顔で、男は遙とその女性とを見比べると、くそっ、と口の中で小さく吐き捨て、いきなり走り出した。

「中城！」

とっさに追おうとしたが、角を曲がってあっという間に後ろ姿が見えなくなる。

「あの…、あの、すみません…、私、間違えたみたいで……」

残された女性の方も、狼狽《ろうばい》してまたきょろきょろとあたりを探し始める。

遙はちょっとため息をついた。

中城は相手の名前を確認していたから、間違いではないはずだ。

そしてもし考えている通り、あれがいわゆる「オレオレ詐欺」あるいは「振り込め詐欺」――この場合は手渡しのようだが――であれば、この人の探している相手はもう来ない。だがもう一度、あらためて連絡がある可能性はある。

少し迷ってから、遙は穏やかに女性に声をかけた。

「誰かお探しでしたら、駅員さんに聞いてみましょうか？」

そして、ためらいがちな女性をなんとか改札口にいた駅員のところまで連れて行くと、駅員に小さく耳打ちした。

「すみません、この方、もしかすると振り込め詐欺で相手に呼び出されて来たのかもしれません。話を聞いてあげてもらえますか？」

遙の言葉に、駅員がえっ？　と顔色を変え、急いで女性を事務所へと招き入れた。

その隙に、遙は素早く姿を消す。

うかつに事情を聞かれても困るし、……実際のところ、今の遙自身、臑《すね》に傷を持つ身、とも言えるのだ。

もしかすると、千住の系列の誰かがこの手の詐欺に関わっていないとも限らない。

そういう意味では、中城にどうこう言える立場ではなく、遙は知らずため息をついた。

どういう経緯で、中城が関わることになったのかはわからない。金を受けとるだけの役目の、「受け子」なら、あるいはバイト感覚で引き受けたことなのかもしれない。

とはいえ、自分のしていることが犯罪だと、薄々は気づいているはずだった。……もし本当にそうであれば。

かつての教え子の姿に気が重くなったが、それを言えば、自分などはヤクザの組長の「愛人」なのだ。

もっと始末に負えない…、か。

内心でつぶやいて、ちらっと冷笑する。

何にせよ、慣れていたふうではなかったから、これに懲《こ》りて二度と関わらないでいてくれるといいのだが、と思う。

そしておそらく、もう二度と会うことはないのだろう。

どちらにとっても、その方が幸せだろうから——。

駅から足早に離れ、とりあえず当初の目的通り、遙は本屋へと向かった。

何フロアもある大型の書店で、経済関係の雑誌を眺め、好きな作家の新刊をチェックし、ぶらぶらと歴史関係や、料理本のあたりも歩いてみる。

男の存在に気づいたのは、ゆっくりと文庫のコーナーをまわり、平積みのタイトルを確認していた時だった。

ふと、視界の隅にその男の姿が映ったのだ。

角のワゴンに積んであるベストセラー本を、何気ない様子でパラパラとめくっている横顔。

ついさっき、雑誌のコーナーでも見かけたような気がした。

痩《や》せた五十前後の男で、いくぶんくたびれたグレイの背広に、ノーネクタイ。

どこといって特徴があるわけではなかったが、経済関係を扱った雑誌のコーナーでは野暮ったい雰囲気が浮いていて、少しばかり印象に残っている。

そういえば、駅のあたりでも似た風体の男を見かけたような気がした。

——まさか、つけられてる……？

そんなふうに考えてしまったのは、自意識過剰というわけではなく、前例があったからだ。

少し考えてから、遙は数冊の本を抱えてレジをすませ、素知らぬふりで店を出た。

さりげなく注意していると、やはり男の方も少し遅れてあとに続いたようだ。本屋で何かを買った様子もない。遙がレジに並んでいる間も、出入り口の近くで本を見ているふりで立っていた。

間違いないな…、と確信するとともに、短いため息がこぼれた。

またか、と。

指定暴力団神代会系千住組の組長、千住柾鷹の「愛人」として、業界ではちらほらと名前が知られているらしい遙だ。さらに、株のディーラーとしての腕を買われたせいで、あちこちの組から目をつけられる存在になっている。

こうして外へ出た時に、たまに他の組からのアプローチがあったり、あるいは千住のまわりが少しばかりきな臭い時などは、柾鷹が手をまわしてボディガードをつけてくれていることもあるらしい。

うすうす気づいていても、遙としては向こうから接触してこない限り、ことさら気にしないようにしていた。気にしてもキリがない、というのか。

図太くなったよな…、と我ながら苦笑してしまうくらいだが、それも慣れなのかもしれない。

正直、いちいち気にしていたらやってられない。

とはいえ、今日の男は少しばかり毛色が違っていた。

単独らしいのもめずらしいし——組関係の人間なら、たいてい数人で群れてくる——、ヤクザのチンピラにしては年がいき過ぎている。

このところ、他の組が接触してくるとしたら幹部クラスの人間が多く、その場合はもっとぴしっとしたスーツ姿で、一見してヤクザだとはわからない場合が多い。……それでもやはり、独特の雰囲気が感じられるのだが。

そういう意味では、見栄と体面を重んじる業界で、風采《ふうさい》の上がらない男の雰囲気はそぐわなかった。

千住のボディガード代わりという可能性もなくはなかったが、見覚えのない顔だったし、その場合でも、やはりもっと人数はいるだろう。外見からして、ボディガードという風体でもない。

勘違いか…? と訝《いぶか》りながらも、遙は目についたカフェへと入ってみた。

ちょうど喉が渇いていたし、男の様子を見るにもいい。

試すように入ったのは、カントリー調の少しばかりオシャレめのカフェで、まだ三十代のこざっぱりとした身なりの遙くらいならまだしも、頭の薄くなり始めた中年男が一人で入るにはいささか躊躇《ちゅうちょ》しそうな店だ。

案の定、遙が中の奥まった席に腰を下ろし、ウェイトレスに水のグラスを置かれている頃、何食わぬ顔で遅れてやって来た男が、少しばかり店構えを眺めて扉の前で立ち止まった。

窓際の席ではなかったが、壁は一面のガラス張りで、外の景色はよく見える。

男がわずかに渋い顔で頭を掻き、ちらっと確かめるみたいにガラス越しに中をのぞきこむ。

まともに遙と視線が合っていた。

一瞬、男が目を見開き、そしてどこか体裁《ていさい》の悪いような愛想笑いを浮かべて、小さく頭を下げてくる。

そして意を決したように扉を開けて、のっそりと中へ入ってきた。

実際、ちょっと笑ってしまうくらい、浮いている。

混んでいる時間帯ではなかったが、客は女性ばかりで、落ち着かないようにきょろきょろしながらも遙の方へやってくる。ティーテーブルを挟んだ向こう側で立ち止まると、男はどこか追《つい》従《しょう》するような薄ら笑いを浮かべてみせた。

「……どうも。お気づきでしたか。意外と人が悪いなぁ」

悪あがきをするつもりはないようだった。

しょぼくれた中年男という風情《ふぜい》だったが、どこか隙のない眼差《まなざ》し。

ヤクザかと言われると、遙のまわりにはいないタイプだったが、どことなく同種の匂いのようなものもある。裏社会の匂い、というのか。

「どこかでお会いしましたか？」

素性が読めず、慎重に尋《たず》ねた遙に、いえいえ、と男がいくぶん大げさに顔の前で手を振る。それでも確認するように、わずかに身を乗り出してきた。

「朝木遙さん…、ですよねぇ？」

やはり、こちらの素性を知っていてつけてきた、ということだ。

と、ちょうど遙の注文だったコーヒーを運んできた若いウェイトレスが、お連れ様ですか？と男の背中から声をかけ、男が飛び上がるようにして場所を空けている。

そしていかにも困ったような顔で遙を眺め、仕方なく遙は、どうぞ、と向かいの席を勧めた。

「いやぁ、すいませんねぇ…」

口元でへらへらと笑いながら男がイスを引いてすわりこみ、「あ、アタシもコーヒーを」とウェイトレスに注文する。

「なんか、この年のオヤジには腰が落ち着きませんなぁ…、こういう店は。いや、朝木さんならまだお若いから、そうでもないんでしょうが」

そんなふうに言いながら、きょろきょろと店内を見まわしている。

愛嬌《あいきょう》がある——と言えるのだろうが、そんなところが相手の油断を誘う手管《てくだ》のようにも思えた。

「どちらの方ですか?」

じっとそんな様子をうかがいながら、遙はあえて淡々と尋ねる。

どこの組の所属か、を聞いたつもりだった。

「ああ…、失礼しました。アタシ、こういう者なんですよ」

しらばっくれるかと思ったが、男はごそごそと懐《ふところ》から手帳を取り出し、こっそりとあたりをはばかるようにして中を開いて遙に示した。

——警察手帳だ。

金バッジが目に飛びこんでくる。

さすがに遙は目を見張り、写真の男と、目の前の男とを見比べてしまった。

制服姿の写真ではもう少し若く見えるが、どうやら本人に間違いないらしい。

「宇崎《うざき》さん…、ですか」

警察とは想定外で遙も驚いたが、それでも宇崎富夫《とみお》警部補——という、名前と階級を確認する。

どうもよろしく、と男がにやっと笑った。

「……マル暴、ですか? ああ、今は組織対策課でしたっけ」

手元のコーヒーに口をつけてから、ようやく遙は口を開く。

正直なところ、警察が自分に用があるなら、そっちの方面でしか心当たりがない。少なくとも、街中でつけまわされるような用は。

「いや、アタシは所轄の生安課なんですよ。生活安全課」

しかし男は相変わらず、へらへらとにやけた顔で訂正する。

「ああ…、有名な小説がありますよね。一匹狼の刑事モノ。生活安全課の所属で」

映画やドラマにもなったシリーズで、確か主人公は、とりわけヤクザ相手に容赦がない刑事だったと思う。

思わず吐息で笑った遙に、宇崎があわてたように手を振った。

「まさか、そんなカッコイイものじゃないですよ。アタシはケンカもからきし弱くて…、チンピラにもなめられっぱなしでしてねぇ」

いかにもな様子で頭を掻いてみせる。

「でも一匹狼ですよね。見たところ、相棒はいらっしゃらないようですし」

本屋でも連れがいたようではない。

「まぁ、今日は仕事じゃないですからね。非番でして」

「仕事じゃないんですか？」

首をかしげて聞き返した遙に、男がひっそりと笑う。

「……おっと、どうも」

と、ちょうどコーヒーを運んできたウェイトレスに横へ立たれ、わずかに身をのけぞらせるようにした。

ごゆっくり、営業スマイルを残した背中を見送って、無意識のようにポケットからタバコを取り出す。

「ここ、全席禁煙だと思いますよ」

遙が注意すると、あ、と男がきょろきょろとあたりを見まわし、あわててタバコをしまいこんだ。

「いや、まったく…、タバコの場所にも苦労する時代になりましたなぁ」

大仰《おおぎょう》なため息をついて男がぼやき、そしていくぶん小狡そうな眼差しで遙を眺めてきた。

「おたくの業界じゃ、まだ喫煙率が高そうですがね。うらやましいですよ」

おたくの業界——と、さらりと言われることに、少しばかり苦笑してしまう。

まあ確かに、極道業界では、まだまだタバコを吸っている人間は多いだろう。柾鷹や若頭の狩《か》屋《や》なども、たまに吸っているだろうか。かすかな匂いに気づく時もある。とはいえ、遙の前ではほとんどなかったし、頻度は高くないようだ。

おそらくは、業界の人間との駆け引きとか、その際に間をとる意味で吸う必要もあるのだろう。

「そちらの業界もそうじゃないんですか？」

いわゆるデカ部屋とか、記者部屋とかは、もうもうと煙が立っているイメージがある。

尋ねた遙に、いやいや、と男が手と首を一緒に振った。

「昔は刑事と言えばタバコがつきものみたいなところはあったんでしょうがね…。今の若いのはぜんぜん。署内もほとんど禁煙ですよ。なにしろ、署長が率先して禁煙するくらいですから。出世にも関わるんでしょうかねぇ…」

「悪いことじゃないんでしょうけど」

それに遙も微笑んで返した。

愛想がよく、口もうまい男だ。

おたがいに出方を探るような、何気ない世間話。

だが、どこか油断できない緊張感がある。

ある意味で、この男も間違いなくこちら側の人間、ということだ。実際、マル暴の刑事などは、ヤクザ以上にヤクザでないとやってられないのだろう。

宇崎はマル暴ではないようだが、やはりふだんからヤクザとの接触もあるということか。風俗関係か、銃砲刀《じゅうほうとう》関係か。クスリの関係か。

コーヒーをすすりながら、穏やかに相手をしている遙を、男がじっと見つめてきた。

そしてカップを置きながら、大きなため息をついてみせた。

「いやぁ…、さすがに違いますな。普通はいきなり刑事がこんなふうに接触すると、もっとあせるもんですけどね。何も身に覚えがなくても」

「刑事さんにお会いしたのは初めてですよ。……多分、初めてのはずですけど」

少なくとも、覚えている限りは。

「それに、緊張していないわけじゃないですよ。何のご用かとビクビクしていますから」

そう返しながらも落ち着いて答えた遙に、男がまっすぐに視線を向けてくる。

「朝木さん、あなた、カタギなんでしょ、一応。だけど、千住の本家で暮らしてらっしゃる」

そう、名前も環境も知っているわけだ。

「俺の名前、もう警察の関係者リストに載ってるんですか？」

いくぶんとぼけるような遙の問いに、男は愛想笑いで明言を避けた。

「それで、何でまた、以前は先生をしてたような方がヤクザの組長の家に住んでるんです？」

同じくとぼけるように、男が尋ねてくる。白々しい探り合い。

が、遙の経歴などはきっちりと調べているらしい。

「ご自分で生計が立てられないわけじゃない。むしろ、アタシらからしたらうらやましいくらい稼いでらっしゃるようですしねえ…」

「そこまで俺のことをご存じなら、理由もわかってらっしゃるんじゃないですか？」

もちろん、その組長の「愛人」だということも。

わずかに背もたれに身体を預けるようにして静かに答えた遙に、いやぁ…、と宇崎が居心地悪いようにもぞもぞと身体を動かした。

「噂ですよ？　噂で耳にしちゃあいますがね…。まさかと、そりゃ思うでしょう？」

うかがうように、前のめりに男が顔をのぞきこんでくる。そして、内緒話をするみたいに小声で続けた。

「あなたが金のためにヤクザの組長なんかと一緒にいるわけじゃないのはわかってますとも。……もしかして、何か脅されてるんならアタシが力になりますよ？　これでも少しばかり、あちこちに顔も利きますしね」

「脅されて、ですか」

遙は無意識にちょっと笑ってしまった。

そんな遙の様子に、少しばかり鼻白んだように男が無造作にイスにすわり直す。

「あなたくらい賢い方がわからないはずはない。このままずるずるヤクザとつるんでたって、あなたの未来はないんじゃないですか？」

それまでとはわずかに色を変え、諭《さと》す、というより、なかば脅すような声色だった。

未来——か。

遙は一瞬、目を閉じてから、静かに聞き返した。

「結局のところ、ご用件は何でしょう？　俺にあの男と別れろと言いたいわけですか？」

正直、宇崎の狙いがわからない。

「逃げるんなら今のうちだってことですよ。今が崖っぷちだ。あなた、まだカタギなんでしょ？　どっぷりと浸かってからじゃ遅い。警察に目をつけられる前に別れた方が、あなたのためだと思いますけどね？」

正しい忠告なのだろう。

だが、いいかげん逃げて、結局行き着いた先が今の場所なのだ。今さら、と言える。

男の言葉を素直に受け止められない、というか、仮にも警察官の言葉の裏を読んでしまうのは、まわりの環境が悪いせいだろうか。

「最近の警察というのは、ヤクザのオンナにもいちいちそういう忠告をしてまわっているんですか？」

いくぶん冷ややかに尋ねた遙に、宇崎が肩をすくめてみせる。

「ま、防犯上の観点からですかね…」

そしてグッ…とカップのコーヒーを飲み干すと、内ポケットから少しばかりよれた名刺を取り出し、テーブルに置いてスッと遙に差し出した。

肩書きも何もない。名前と携帯の番号だけが記されたものだ。

「お渡ししておきますよ。お守り代わりにしてください。気が変わったら、いつでもご連絡いただければお力になりますから」

「お守り…、ですか」

手をつけないままに、遙は苦笑する。

「千住への挨拶《あいさつ》ということでしたらお預かりしますが？」

さらりと続けた言葉に、男がちょっと眉間に皺《しわ》をよせる。

「アタシと会ったこと、おたくの組長さんには話すんですかね？　子供じゃないんですから、いちいちご自分の行動を報告してるわけじゃないでしょう？」

どことなく挑発的な言葉を、遙はさらりと受け流した。

「いちいち話してはいませんが、耳に入れておいた方がよさそうなことは伝えてますよ。カタギの人間の、普通の生活ではめったに体験しないことがあればね。それとも、話されると困ることでも？」

聞き返すと、相手は渋い顔で小さくうなる。

「いやねえ…、そういうわけじゃないですが…。困ったな」

「困るんですね？」

言葉尻をとらえるようにちらっと微笑んで言うと、男が大げさにため息をついた。

「まァ…、おたくの組長さんにはよく思われないでしょうなぁ…」

「だからといって、どうこうするわけではないでしょう、警察の方を。あなたもお仕事なんでしょうから」

「どうでしょうかね…」

男が首の後ろあたりをゴシゴシとこすり、そしてふと思い出したように遙を見つめてきた。

「そういえば、先ほど…、駅のあたりで若い男ともめていたようですが、お知り合いですか？」

そんなところから見ていたのか、と遙はちょっと驚く。

いつからつけられていたのだろう？

「ああ…、いえ。もめていたわけじゃないですよ。以前の教え子に似ていたので声をかけたんですが、違っていたようです」

それでも何気ないふりでさらりと返した。

「ほう…、教え子」

宇崎がわずかに目をすがめる。

その様子に、思わず遙は聞き返していた。

「知っている男ですか？」

何か犯罪に…、やはり詐欺事件に関わっているのだろうか？　中城が警察にマークされているのか。

この男の管轄とは違うと思うが。特殊詐欺なら、確か捜査二課の事案だ。

「いえいえ。そういうわけでは」

男がパタパタと手を振って立ち上がった。

「……とにかく、もう一度じっくり考えてみてくださいよ。あなたも人生を棒にふりたくはないでしょう？」

じっと遥を見つめてそれだけ言うと、それじゃあまた、という挨拶で男が店を出た。思い出したように、コーヒー代をテーブルに置いて。

その後ろ姿を、遥は静かに見送った。

棒にふるつもりはなかった。

だが、自分の人生がすでにルーレットの上でまわっていることはわかっていた。

勝つか負けるか。……どの目が出れば勝つのかもわからなかったが。

何にせよ、それを後悔するわけではない。

そんな時期はすでに過ぎていた。

――警察、か……。

それでも、やはりこんな国家権力との軋轢《あつれき》も出てくるんだな…、とあらためて気づかされ、小さくため息をついた。

当然の成り行きだろう。

この先、自分が警察の世話になる可能性もある、ということだ。目をつけられ、きっちりとマークされる。

すでに「善良な一市民」ではない。

苦い思いで少し冷めたコーヒーを飲み干した時、ポケットの携帯が小さな音を立てた。

電話の着信。

取り出してちらっと眺めると、表示には「鷹《たか》ぴー」と浮き上がっていた——。

◇　◇

夜の七時過ぎ。

夏至《げし》に近いこの季節、あたりはまだ薄明るい。憂《う》さ晴らしのサラリーマンがキャバクラの若い子といちゃつくには、少しばかり人目をはばかるくらいだ。

約束の時間を五分ほど遅れ、遙はようやく目的の店を見つけてホッとした。裏通りの店で、少しばかり迷ってしまった。暗くなる前でよかった、と思う。

わかりにくいから迎えをよこす、と言われていたのだが、それは遙の方で断っていた。これ以上遅れたら、ガンガン携帯が鳴っていただろう。

今日はめずらしく、柾鷹と外で食事をする約束をしていたのだ。

藍色《あいいろ》の生地に小さく「弥八《やはち》」の文字が染め抜かれただけののれんがかかる、和風の小さな店だ。店構えだけではわからないが、寿司屋だと聞いていた。メニューなども出ておらず、約束がなければ入るのは躊躇するだろう。小さいが趣《おもむき》があり、老舗らしい高級感が漂っている。

少しばかり気が引けながらも、遙がおずおずと引き戸を開けて中へ足を踏み入れると同時に、「らっしゃいませ！」と威勢のいい声が相次いで降ってきた。

カウンターだけの店らしく、少しいびつなL字型にゆったり十五席ほどと、中は意外に広い。奥の、狭い一辺に柾鷹と狩屋が並んですわっているのが見え、同時に向こうもこちらを認めて、柾鷹が軽く片手を上げてみせた。

カウンターの中からの挨拶に軽く頭を下げ、そちらに向かおうとした遙は、入り口近くにすわっていた二人連れの男たちに会釈《えしゃく》されて、それが組の人間だと気づく。ボディガードらしい。

真ん中あたりに一般人らしい年配のカップルがいるので、貸し切りでもないのだろうが、固まっていないのは店への配慮だろうか。

「よう…、来たか」

すでに枡《ます》に入った冷酒グラスを前にしていた柾鷹がにやりと笑う。

「お疲れ様です」

狩屋がするりと立ち上がって丁寧に言い、席を替わってくれた。

柾鷹の横に、ということだろうが、……正直、替わらなくてもいい、とは思うのだが、ここで抵抗して柾鷹にごねられても面倒だ。店の迷惑にもなる。

「お荷物、お預かりしますよ」

「ああ…、悪い」

さらりと言われて、手にしていた紙袋を狩屋に手渡すと、遙はイスに腰を下ろした。

すかさず、板前見習みたいな若い職人に蒸しタオルが差し出され、礼を言って受けとる。

「ここ、よく来るのか?」

ようやく落ち着いてあたりを見まわし、遙は尋ねた。

柾鷹の素性を知っているのだろうか、と。

まさか、組の人間がやっているわけではないだろうが。

「オヤジの頃からの馴染みだよ」

それにさらりと答えられて、へぇ…、と思う。

店主だろうか、カウンターの中にいる、七十前後の男がネタを握りながら遙に目礼し、遙も軽く頭を下げて返す。

「うまいですよ。グルメガイドの星をあえて断っているようで…、知られざる名店というところです」

「それはすごいな」

そんな狩屋の言葉に、さすがに感心する。

「何か飲むか？」

「じゃあ…、同じものを」

聞かれて、ちらっと左右を見て遙は頼んだ。

外であまり飲む方ではないのだが、せっかくだ。

「水入らずのところをすみません。誰もつかないわけにもいきませんので」

「いや、ぜんぜん。まったく」

ちらっと口元で笑って狩屋に言われ、遙はまっすぐに返した。

「えー。今日はしっぽり飲もうぜぇ…。酔っぱらったら、どっか近くで泊まってもいいしなっ」

いかにも下心いっぱいの顔で、カウンターの下では遙の足をいやらしく撫で上げてきた男の手を、遙は無造作にひねり上げた。

「ほら、セクハラ」

いでででっ、と声を上げた男を、ちょっと驚いた目で年配の夫婦が眺めてくる。

それにかまわず、遙は目の前でなみなみと注がれた酒に口をつけた。

キリッとした辛口だ。うまい。

しかし飲む方は少しセーブしないとまずいな、と心にとめておく。

柾鷹にもセーブさせないと、だが。

先代の馴染みということは、柾鷹の父はこの店に女連れで来たのだろうか…、とちょっと想像する。それこそ、いい仲のホステスとかと。

「好きなモン、頼めよ」

手の甲を撫でながら柾鷹にうながされ、ちょっと迷ったが、お任せで、と頼む。

寿司ネタに好き嫌いはなく、魚は全般に好きだ。

「貝も大丈夫ですか？」

どうやら店主自ら握ってくれるらしく、さっきのオヤジに聞かれ、好きです、とうなずいて返す。

「買い物って、何、買ったんだ？」

どうやら、柾鷹も狩屋もネタはお任せらしく、同じものが目の前の寿司下駄にのせられていった。

置かれたヒラメに手を伸ばしながら、何気ない様子で柾鷹が聞いてくる。

「夏物のシャツと本、あとは財布の新しいのを見たくらいかな」

ふーん、と柾鷹が小さくうなる。

「いるモンがありゃ、配達させりゃいいだろ。荷物になるしな」

ものぐさな男らしい指摘に、遙もヒラメを口に入れながら肩をすくめた。

「本家に宅配を来させるのは気の毒だろ。それにたまには外に出ないと、人間ダメになる」

柾鷹はこれでもいそがしく、意外と外に出ていることが多い。いる時は一日中、家でぐだぐだしているわけだが。

遙の方は仕事上、家にこもっていることが多いわけで、せいぜい事務所代わりのマンションとの往復だ。

なので、できるだけこうして外へ出るようにはしているのだが、反面、あまりうろつくのもいろいろと危険なのだろう。

正直、その感覚はあまりなかったのだが、柾鷹……というより、狩屋の手間をかけさせるのも悪い。

——と、思い出した。

「そういえば、宇崎という刑事を知ってるか？」

箸《はし》を置き、いくぶん居住まいを正すようにして遙は尋ねた。

「宇崎？　……聞いたような気もするけどな」

指をなめ、柾鷹がわずかに難しい顔で首をひねる。

その視線が遙越しに狩屋に流れると、狩屋が小さくうなずいた。

「ええ。磯島《いそじま》さんあたりが小遣いをやってるヤツじゃなかったですかね。確か、生安の？」

確認するように、ちらっと遙を見る。

磯島、というのが誰のことかはわからなかったが、どこかの組長なのだろう。おそらくは千住と同じ系列である神代会の。

狩屋には外で「組長」という言葉を口にしないだけのわきまえがあり、他の系列なら「さん」をつける必要もない。

「……悪徳警官？」

もしかして、と遙は無意識にうかがうように聞き返す。

小遣いをやっている、ということは、癒着がある、ということだ。現金か飲食か、あるいは女の接待か。

そしてもちろん、それへの見返りはあるはずだ。たいていは「情報」という。多分、ガサ入れとか、一斉摘発《てきはつ》、だろうか。

「それは見方によりますが」

薄く狩屋が笑う。

……まあ、そうだろう。千住にもそういった関係の警察官がいないとも限らない。いや、むしろいておかしくない。

「どうした？」

くいっと冷酒をあおって、反対側から柾鷹が聞いてくる。

「ここに来る前に会ったよ」

向き直って、ことさら穏やかに遙は答えた。

「会った？」

「声をかけられた」

つまり、遙を認識しているということだと、柾鷹も理解したのだろう。

低くうなり、眉をよせる。

遙はポケットからさっきもらった名刺を取り出して、カウンターの端にのせた。

指先でそれを摘《つま》み上げ、ちらっと眺めてから柾鷹がカウンターをすべらせ、狩屋にまわす。

「異動で最近、こっちへ移ってきたみたいですね」

名刺を手にとってから、狩屋が丁寧に内ポケットへ差しこんだ。

よろしいですか？　と、一応確認するように遙に視線が向けられ、遙も軽くうなずいて返す。

「何、言われたんだ？」

いくぶん不機嫌そうな柾鷹の問い。

「たいしたことは。まあ、おまえと別れてカタギになれってことかな」

鮮《あざ》やかな赤みのマグロを口に入れながら、遙はさらりと答えた。

「……馬に蹴られろ」

ふん、と柾鷹が鼻を鳴らし、ぶすっと毒づいた。

そんな男の横顔に、遙はちょっと笑ってしまう。

人の恋路を邪魔するヤツは――、だが、そう、この男にとっては「恋路」なのだ。

何気ないそんな感覚が、ちょっとくすぐったい。

「常識的な忠告だけどな」

それでも、さらりと遙は言った。

「ていうより、……まァ、磯島の子飼いだったら、そっちからの指示があったのかもしれねぇけどな」

しかしだるそうにつけ足された言葉に、遙はわずかに首をかしげた。

「指示?」

「一般の人間が警察から何か言われたら、多少はビビんだろ。つきあいを控えることを考えるヤツもいるさ。それでおまえが少しでも俺と距離をおいたら、向こうにとっちゃ逆に近づくいい機会にもなる」

あ…、と遙はようやく気づいた。

遙にしてみれば、もとよりその選択肢がなかったから考えてもいなかったが。

「わざわざ接触してきたというのは、そういうことかもしれませんね。まぁ、本気で期待したというより、ちょっとした牽制《けんせい》なのかもしれませんが」

狩屋も横で考えるように小さく口にする。

「警察を巻きこんで、か…」

遙は思わずため息をもらした。

少しばかり背筋が寒くなる。

そういう世界だと理解はしていたはずだが、やはりまだ実感がともなっていなかったのだろう。

ヤクザの中の世界だけで、すべてが片づくわけではない。

と、ちょっと失礼します、と狩屋が席を立った。

着信があったのか、あるいは指示を出すためか、ポケットから携帯を出しながら店の外へと出る。

「それで、どうなんだ？」

ぼんやりとその姿を見送っていると、ふいに横からそんな声が届いて、えっ？　と振り返る。

「刑事さんの忠告に逆らって、反社会的勢力とつるんでていいのか？」

うかがうような、というより、ちょっとおもしろそうな眼差し。

「今さらか？」

それに肩をすくめて、遙は返した。

ついでのように、目の前に出されたアワビに箸をのはず。

柾鷹が酒をあおって吐息で笑った。

迷うようなことではなかった。本当に今さら、だ。

「ま、おまえは学生の頃から、妙に腹は据《す》わってたモンなァ…」

思い出すように、どこか愉快そうに柾鷹が口にする。

おまえのせいだろ…、と遙としてはつっこみたいところだったが。

意味もわからないまま、この男に目をつけられて。つきまとわれて。

本当に否応《いやおう》なく、だったのだ。

人目を気にする余裕もなく引きずりまわされて、覚悟を決めるしかなかった。

いつも超然としていた、この男の近くにいたせいかもしれない。どれだけまわりの目が厳しくても、自分を変えることのない強さが、その当時から柾鷹にはあった。

それだけの自信と、ある種の信念がすでにあったのだ。……よくも悪くも、だが。

おかげでいつの間にか、つまらない雑音は気にならなくなっていた。

「そういや…、十年ぶりに瑞杜でおまえに会ったのは今頃だったよな。知紘が中学に入った時」

ああ…、と遙も小さくつぶやいた。

正確には、知紘が瑞杜の中等部に入学して二カ月くらいした頃。そう、ちょうど今頃だ。

その年の最初の保護者面談で。

遙はクラス担任だった。

知紘は名字が違っていたし、同い年という年齢を考えても、まさかこの男の息子だなどとは想像もしていなかったが。

五年前。

その知紘も、もう高校三年になった。来春には瑞杜を卒業するのだ。

「そういえば、知紘くん、進路はどうするんだ？」

ふいに思い出して、遙は尋ねた。

今日はずいぶんと教え子に縁があるな、と内心で思いながら。

もっとも知紘や、その守り役である同級生の生野などは、今では教え子というより、……なんだろう、家族という方が近い気もする。

しかし元担任としては、当然、気にしてもいいところだ。今まで、すっかり忘れていたけれども。

「進路？」

まるで、進路とは何だ？　と言いたげなきょとんとした眼差しで、柾鷹が聞き返してくる。

実の父親なら、むしろこの男の方が気にかけておくべきところだが、……まあ、それを言うのはムダだろう。

「高三だろう？　進学するのか…、その、就職なのか」

自分で言って、知紘の就職というのはちょっと想像できなかった。というか、千住組へ就職？になるのだろうか？

ピンとこない。

遙の友人——と言っていいのだろう——同じ神代会系沢井《さわい》組の娘である梓《あずさ》にも、以前、ちょっと進路相談を受けたことがあったが、やはりヤクザの娘だと就職は大変そうだった。

もっとも知紘は、今のところ千住姓ではなく、国香《くにか》という弁護士のところの養子になっているらしく、あるいは血筋を隠して普通に就職できないわけでもなさそうだ。

あー…、と柾鷹が口の中でうなった。

「まー、本人が適当に決めんだろ」

「適当って……、おまえ、仮にも親だろうが」

「俺は息子の自主性を重んじてる」

ふんぞり返って言い切った男に、遙はあきれてため息をついた。

「何も考えてないだけだろ…」

それに柾鷹が口をとがらせる。

「そんなことはないぞっ。親の期待が重すぎるとしんどいっつーだろ？　俺はよけいなプレッシャーを与えないようにしてるのさ」

うそぶいた男を、遙は思わず白い目で眺めた。

というか、どんな期待をしてるんだ？　という気もする。

やはり、跡目、だろうか？

……考えるとちょっと恐い。

「相談はないのか？」

考えてみれば三年の今まで、進路についての保護者面談がなかったはずはない。すっぽかしたのか、養父母の方に任せたのか。狩屋あたりが代理で顔を出したのか。

「ねぇなァ…。つーか、おまえが相談に乗ってやればいいだろ？　教え子なんだし」

「それは、相談されればできるだけアドバイスはするけどね。……その、組関係で、進路が決まってるんならアレだけど」

さすがに遙も言葉を濁してしまう。そして、うかがうように男の横顔を眺めた。

「……跡目、なんだろう？」

「まぁな。ま、本人がやりたけりゃ、だがな」

中トロを口に放りこみながら、あっさりと柾鷹が答える。

柾鷹としては、実際にこだわりはないのかもしれない。

とはいえ、知紘は何かスポーツをやっているわけでもなく、芸術方面や、あるいは職業的な方面の専門に、取り立てて興味があるようでもない。

「とりあえず、大学へ行くつもりなのかな…」

醬油皿に軽くネタの端を浸したとたん、パッと散った脂を見ながら、誰に言うともなく遙はつぶやいた。

「大学ねぇ…。国香の姓なら問題はないだろうが。つーか、あいつ、行ける大学があんのか？」

酒に手を伸ばしながら、柾鷹がわずかに眉間に皺をよせる。

「少なくとも、おまえの高三の時よりはずっと成績はいいと思うけどね」

あっさりと言ってやると、柾鷹がふーん…、とおもしろくなさそうに鼻を鳴らした。

知紘の成績もろくに見ていないらしい。それはそれで、子供の立場だと気は楽だが、張り合いもなさそうだ。……まあ、普通の家庭なら、だ。

「そういえば、生野くんはどうするんだろう？」

ふと思い出して、誰に言うともなく、遙はぼんやりと口にした。

「あいつは知紘と一緒のとこに行くんだろ」

あたりまえのように答えられ、……そうだろうな、と遙も思う。

しかしこの調子では、とてもまともに知紘たちの進路を考えているようではない。

まあ、柾鷹自身は自分の進路で悩んだことはなさそうだし、知紘の方がそういう意味ではしっかりしているから、大丈夫だろうとは思うのだが。

それでも、やはり元担任の責任もある。

知紘は今の遙が気にかけてやれる、唯一の教え子とも言えるのだ。

——教え子、か……。

ふいにさっきの、遙を見た瞬間の、中城の驚いた顔が目の前によみがえった。

本当に、詐欺などに関わっているんだろうか……？

思わず考えこみ、小さなため息が唇からこぼれ落ちる。

「どうした？」

そんな遙の表情にか、柾鷹が怪訝《けげん》そうに尋ねてくる。

「いや……」

さすがにためらい、一瞬、言葉を濁した遙だったが、それでも口を開いた。

「昼間に駅で…、瑞杜の教え子に会ったんだよ」

そんな言葉に、ほう、と柾鷹が小さくつぶやく。

「女か？　昔話に花を咲かせたのか？　あの頃はセンセーのことが好きだったの、とか、告られたのか？」

いかにも探るように聞かれ、遙は軽く肩をすくめる。

「男だよ。声をかけるつもりはなかったんだけどな」

再びため息がもれる。

「……どうした？」

浮かない顔に、和《なご》やかな再会ではなかったと察したようだ。

柾鷹がちらっと眉をよせて、うながすように聞いてきた。

「なんか…、詐欺の受け子をやっていたみたいで。年配の女性から金を受けとるところだった。……と思う」

さらに声のトーンを落として答えた遙に、うん？　と柾鷹が低くうなる。

遙はその男の横顔を、思わずじっと、うかがうように眺めてしまった。

――まさか、千住が関わってるのか？

と。

千住のシノギに口を出す気はない。あえて知りたくもない。

だが……身勝手だと言われるだろうが、やはり知り合いに関わってほしくはなかった。

遙の無言の問いをしっかりと聞いたらしく、柾鷹が指先で軽くこめかみのあたりを掻いた。

「末端まで、俺もすべてを把握してるわけじゃねぇが…。知ってる限り、その手の、個人相手のせこいシノギはやってねぇよ。つーか、商売についてはきっちりグレーゾーンを狙ってる」

……いばって言うことではないと思うが。

言い切った男を、遙は思わず横目ににらんだ。

「何てヤツだ？　知紘の同級生か？」

「いや、知紘くんの三学年上だから、知紘くんが入ってきた時にはちょうど入れ替わりで高校へ上がってたよ。寮も違うし、クラブも違ってたはずだ。おまえみたいに目立つ生徒でもなかったから、名前も知らないと思うけど」

「何て名前だって？」

「中城。中城聡司。名前が変わってなければね」

ふーん、と柾鷹が鼻でうなる。

やはり聞き覚えはないようだ。そもそも柾鷹が息子の同級生なり、先輩なりに興味を持っていたはずもない。

そして中城は、ヤクザをやるような……やれるようなタイプでもない。

「宇崎に会う前にそいつに会ったのか？」

「そう。駅でな」

「それでおまえ、どうする気だ？」

「どうも。……何もできないよ。今どこにいるのかもわからないし。結局、声をかけただけで向こうが逃げたからな」

肩をすくめるように言った遙に、柾鷹ものんびりと返してきた。

「まァ、うちのシマで商売してんじゃなけりゃ、文句をつけるとこでもねぇけどな」

さらりと言われて、遙は一瞬、言葉につまる。

そう、柾鷹の立場ならそうなのだろう。

「おまえが責任を感じるほど、馴染んでたガキなのか？」

「責任……ていうか」

無意識に視線が落ち、言い淀んだ。

確かに、胸は痛い。

しかし客観的に見て、今の自分は誰かに忠告や指導を与えられるような状況ではなかった。責任などというのも、おこがましいのかもしれない。

知らず、苦笑する。

「そうだな。未来ある若者の進路について、俺が偉そうなことを言っても説得力はないよな…。なにしろ、人生の選択を大きく誤ってこんなところにいるわけだし」

この男の、隣に。

「教師としては失格だったな」

「そーでもないだろ」

つぶやいた遙に、くいっと酒をあおり、あっさりと柾鷹が返してきた。

「少なくともおまえは、俺をシアワセにしてんだし？　人生で人一人、最高に幸せにできてりゃ、十分だろ」

にやっと笑って言われ、一瞬、目を見開いた遙は、次の瞬間、くっ…、と喉で笑ってしまう。

こんな場所で爆笑しなかっただけ、たいしたものだ。

「なんだよー。イイこと言っただろっ？」

むーっ、と柾鷹が膨《ふく》れる。

「最高に、か？」

顔を伏せて笑いを噛み殺しながら、遙はうめいた。

「そーだよ。そんでこのあと、どっかで休憩できりゃ、それこそ天国に行けるくらい幸せなんだがなァ…？」

にやにやと顔を近づけてきて、耳元をなめるように言われ、遙は邪険にその顔を押し返した。

「バカ」

ともあれ、知紘については、どの方面へ行きたいという希望があるのならば、選択肢を増やしてやるくらいはできるかもしれない。

一度、話してみようか、と思いながら、ぶー、と唇をとがらせた男を横目に、遙は冷酒に手を伸ばした——。

◇　◇

「……どうも。朝木さん」

それから三日ほどたった頃。

梅雨入りしたようなしょぼつく雨の中、いきなり背後からかけられた声に、遙はハッと振り返った。

目の前に立っていたのは、宇崎だ。この間会った刑事。

どこかの軒先で雨宿りしていたのか、手元に傘はなく、雨を払うように片手を頭上に掲げている。

相変わらずの薄ら笑いだ。

遙が千住の本家から、仕事場代わりにしているマンションへ「出勤」してきたところだった。

柾鷹の家に住む前に暮らしていた部屋だが、中の家財道具はベッドから何から、すべてそのままにしている。

仕事場と言っても、遙の仕事はフリーのファイナンシャル・アドバイザーで、実際のところ、パソコンさえあればどこででもできる。店舗を構えているわけではないのだ。そして仕事とは言えないが、個人的にやっている株取引にしても、特に場所は選ばない。

もちろん本家にもパソコンはあるし、わざわざこちらに来る必要はなかった。

だが生活と切り離しておけばメリハリもできるし、なにより、柾鷹とケンカをした時や、うっとうしくなった時、一人になりたい時などに、逃げてこられる部屋があれば便利だった。個人の郵便物なども、こちらの部屋で受けとるようにしている。

なので、遙がこの部屋に来るのは毎日ではなく、不定期だった。

宇崎がここにいたのは、当然マンションのことを知っていたからだろうし、遙を待ち伏せしていたわけだろう。

だが、いつ来るかわからない人間を、わざわざ張り込んでいたのだろうか？

朝からどんよりとしていた空が、ついに雨を降らし始めたのが二時間ほど前だ。少なくとも、それより前からいたということか。

遙が携帯の番号などを渡しているわけではないので、捕まえようと思えばそうするしかなかったのだろう。

が、そうまでして関わってくる意味がわからない。

やはり先日柾鷹たちが言っていたように、別の組長から指示されてのことなら、遙としても警戒する必要があった。

「宇崎さん…、でしたね？」

マンションのファサードに入り、手にしていた傘を閉じて軽く水気を払いながら、遙は穏やかに返した。

「やぁ…、これは。覚えていていただいて恐縮です」

にやっと男が笑う。

それこそ梅雨時の雨のようにうっとうしく、しつこそうな男だ。

そんな粘り強さは、刑事としては優秀なのだろうか。とはいえ、ヤクザの子飼いであれば、社会的には「悪」なのだろう。

しかし、いい度胸とは言える。

すでに五年以上、遙はこのマンションを使っており、ここではそれなりの警護が常についているのだ。

実際に、十階建ての最上階にある遙の部屋の隣室――ワンフロアには二室しかないので、もう片方だ――には、千住の組員が常駐している。定期的に近所をまわって、怪しい動きがないかもチェックしているようだ。

もちろん、千住の本家へ乗りこんでくるよりはよほどマシだとしても、やはりわざわざこんなところに姿を見せるというのは、差し迫った用があるようにも思えた。

それだけ、「飼い主」の親分にせっつかれているのだろうか…？

とも思うが。

「それで、今日は何か？」

強《し》いて淡々と尋ねた遙に、男が軽くうなじのあたりを掻きながら例ののっそりとした様子で口を開いた。

「いやねぇ…、別にこんなことを先生のお耳に入れてどうかとも思うんですが。ちょっと気になったものですからね…」

先生――、という呼びかけに、遙はわずかに眉をよせる。

確かに、ファイナンシャル・アドバイザーの仕事上でも「先生」と呼ばれることはあるが。

「実はこの間お会いした……あの、最寄りの駅でですね。例の、先生と話してた元教え子、ですか？　ああ…、人違いだっておっしゃってましたっけ？」

とぼけたような言葉でいったん口をつぐみ、反応を探るように遙を見上げてくる。

「中城……？」

何か不穏な思いで、遙は男を見つめ返してしまった。

ほぅ…、とそれに男が小さくつぶやく。

「中城、というんですな」

「……かと思ったんですが。五年ぶりでしたし、向こうは覚えがなかったようですから」

さらりと返してから、唇をなめ、何気ないように遙は尋ねた。

「彼が…、何か？」

「いや、それがねぇ…。その彼が、昨日今日、あの駅のあたりで先生のことを探しまわっているようでしてね」

「俺を？」

さすがに驚いて、聞き返してしまう。

「先生があのあたりに住んでるんじゃないかと思ったんでしょうかね…」

少しばかりうかがうような眼差しに、しかし遙はとまどうしかなかった。

……どういうことだろう？

「まあ、急に先生のことを思い出して、懐かしくなったのかもしれませんがね」

ハハハ…、と白々しく宇崎が笑った。

到底、そんなふうに思っているはずもない。

しかしどうして、中城は急に……。

何か相談したくなったのだろうか？　自分のしていることについて。

そのくらいしか考えが及ばない。

……だが、それにしても。

ようやく遙はそのことに気づく。

「でもどうして…、宇崎さんがそんなことをご存じなんです？　あのあたりが所轄署の管内なんですか？」

昨日今日、と言っていたが、二日続けて、わざわざそれを確認しに行ったということなのか。

……やはり中城はマークされているということなのか……？

ひやり、とそんな疑念が頭をよぎる。

「いや、たまたまですよ。あのあたりにアタシの行きつけの定食屋がありましてねぇ…。ずいぶんと血相を変えて探しているようでしたんで、ちょっと気になってしまいましてね」

そんなふうに言い訳されたが、やはりそのまま信用はできない。

「それでわざわざ、それを俺に伝えに来てくださったと？」

「まぁ…、何ですな。先生とはできれば、お近づきになっておければとも思いましたしね」

いかにも胡散臭《うさんくさ》い眼差し。

「あなたはもう、千住とは別の方と昵懇《じっこん》の間柄だと聞きましたが」

冷ややかに言った遙に、頭を掻いた男が悪びれずにへらへらと笑う。

「はぁ…、お聞き及びでしたか。これはどうも」

つまり、どっちつかずのコウモリにでもなろうということなのか。状況によって、金になる方、有利な方につこうという。

あるいは、これを機会に千住とも渡りをつけたいということなのか。

こういったつながりだと、実際に相手を信用するということではないのだろう。

いつ裏切られてもおかしくない。そもそも、裏切ることなど何とも思ってはいない。おたがいに利用できる時に利用する。

そんな関係だ。

「ああ、これ。どうぞ」

と、宇崎がズボンのポケットを探り、くしゃくしゃになった小さな紙を差し出してきた。

受けとって開くと、携帯らしい番号だけが書かれている。

「その彼の…、中城というんですか？　連絡先、聞いておきましたよ。あやまりたかったんですかねえ…。必死だったみたいですから、よかったら電話してやってくださいよ」

「中城が…？」

正直、意味がわからなかった。

「では、アタシはこれで」

考えこんだ遙をちらっと眺めてから、軽く片手を上げて、宇崎が雨の中へふらりと出ようとした。

「あ、宇崎さん」

とっさに呼び止めて、振り返った男に遙は手にしていた傘を差し出した。

「どうぞ、使ってください。ビニール傘ですので、返してもらう必要はありませんから」

わずかに目を見開いてから、男が相変わらずつかみどころのない笑みを見せる。

「こりゃどうも。……では遠慮なく」

傘を受けとり、男がひょうひょうと去って行く後ろ姿を、遙は思わず見つめてしまった。

正直、混乱していた。

いや、中城の方は、あるいはこの間、無視するように逃げたことを、そして犯罪に手を染めたことを遙にあやまりたいのかもしれない。どうしたらいいのかわからず、とにかく、誰かにぶちまけたいのかもしれない。

が、宇崎の方にメリットがあるとは思えなかった。

もしかすると、中城のことは見て見ぬ振りをしてやることで、遙に貸しを作りたいのだろうか?

それとも、何か他に狙いがあるのか…。

「顧問!」

と、少しばかり緊張した声で背後から呼ばれて、遙はハッと振り返った。

顔見知りの千住の舎弟だ。

「何か問題でも？」

ちらっと遠くなった宇崎の後ろ姿に視線を走らせ、確認してくる。

「いや、大丈夫だよ。……あの男、ひょっとしてしばらくいたのかな？」

それでも、そんなふうに尋ねてみる。

「ええ、ここ三時間ばかり。俺も気になってたんですけど…」

そう答えたところを見ると、顔は知らなかったらしい。

「誰ですか？」

「刑事さんだよ。生活安全課の」

エレベーターに向かいながら聞かれ、さらりと答えると、えっ？　と驚いたように男が声を上げる。

「また見かけるようなら教えてくれるかな？　……ああ、それと、近所で軽犯罪は犯さないように気をつけて。立ちションとか、車を蹴ったりとかね」

なかば軽口のように言った遙に、わかりました！　とずいぶんと威勢よく答えられる。

部屋に入り、遙は無意識に手の中の紙を見つめてしまった。

さすがに迷う。

……柾鷹か狩屋に相談すべきだろうか？

そう思うが、あまりにもつまらないことのような気もするし、遙のプライベートな問題とも言える。

むしろヘタに相談して、詐欺——未遂の事件が大げさになると、それも困る。柾鷹を関わらせた上に、警察沙汰になどなったりすると、目も当てられない。

……とはいえ。

そのままにはできないような気もした。

◇

◇

翌日の午後、遙はあまり馴染みのない、メトロの駅で電車を降りた。

改札を出ると、相変わらずの梅雨空が低く広がっていたが、まだなんとか持ちこたえているようだ。

携帯の時計で時間を確認し、ちらっとあたりを見まわす。

宇崎の術中にはまっているようで、少しばかりすっきりしない気分ではあったが、昨日は迷った末、あれからもらった番号に電話をかけた。

半信半疑のまま警戒もしていたが、どうやら相手は中城で間違いなかった。声にしても、話した内容にしても。

中城は先日の態度をあやまり、ちょっとした昔話などもして。

やはり懐かしかった。

一浪して都内の私大へ入ったらしく、今は二年ということだ。

だが昔話もそこそこに、中城は遙に会いたいと伝えてきた。相談したいことがあるから、と。

かなりせっぱ詰まった様子だった。

自分の手を染めてしまった犯罪のことだろうか、と、遙としても薄々は察していたが、とりあえず知らないふりで了承した。

そして時間を打ち合わせ、この駅前を指定されたのだ。

都内とはいえ、駅前でも人通りの少ない小さな駅だ。遙としては、おそらく初めて降りたんじゃないかと思う。ゆうべは場所と乗り継ぎをアプリでチェックしたくらいだ。

ざっと見まわしたところ、中城の姿はなかった。とはいえ、約束の時間まではまだ五分ほどある。

遙はちょっとため息をついた。

中城にしても、さすがに遙が察していることには気づいているはずだ。何か相談したい、ということであれば、おそらく今の状況から抜け出したいということなのだろうと思う。

オレオレ詐欺などは、一人でできるものではない。悪い仲間がいるわけで、そんな連中と手を切るのはなかなか難しい。

中城が抜けたいと思っても、向こうが手放さないはずだ。恫喝《どうかつ》か、暴力か、あるいは金をちらつかせるのか。

先日の様子では、中城は「受け子」をやっていたようだが、今、どこまで関わっているのかが問題だった。

慣れてないふうだったが、実際にこの間が初めてであれば、結局は未遂に終わったはずで、警察へ相談に行ったとしても不起訴相当ではないかと思う。

だがもし、すでに何件もに関わっていたら、役割にもよるだろうが、それなりの責任はとる必要がある。

やはり、どうやって抜けさせるかが問題なのだろう。本人にも覚悟がいる。

……しかし、そんなことを考えていて、ふと我に返るように、遙は自嘲《じちょう》してしまった。

どう考えても、ヤクザからの足抜けの方がずっと難しいはずだった。まあ、千住がどういう扱いをしているのかは知らなかったが。

と、その時だった。

「朝木先生ですか？」

駅前で、邪魔にならないように少しばかり外れて立っていた遙の前に、白いセダンがスッ…と停まったかと思うと、エンジンはかけっぱなしのまま、助手席から男が一人、降りてきた。

まだ二十代なかばといった若い男だ。きちんとしたスーツ姿だったが、髪は少し長めで、どこかチャラい雰囲気がある。

「そうですが？」

いくぶん慎重に答えた遙に、男が大きな笑みを作った。

「ああ…、よかった。すみません、中城のヤツ、ちょっと急用で出られなくなっちゃって。迎えを頼まれたんですよ。——どうぞ、乗ってください。案内しますんで」

朗《ほが》らかに愛想はいいが、畳みかけるような勢いで言うと、返事も聞かずにリアシートのドアを開く。

「急用、ですか…」

遙は一呼吸おいて、小さくつぶやいた。

さすがに胡散臭い。というより、中城の詐欺仲間と考えた方がよさそうだ。

「ええ。……あーと、中城の先生なんですよね？　懐かしがってましたよ。会うの、楽しみにしてるみたいで」

調子のいい言葉に、遙は落ち着いて尋ねた。

「あなたは？」

「ああ…、すみません。横田《よこた》と言います。中城の大学のＯＢでしてね。中城とはサークルの関係で知り合ったんですよ。中城には今、うちの仕事を手伝ってもらってて。よく働いてくれてますよ」

——仕事。

遙は無意識に目を伏せて、小さくため息をつく。

「では、急用だったら、また日をあらためましょう。仕事の邪魔はしたくありませんから」

「あ、いや」

冷静に返した遙に、男がちょっとあわてたように遙の前に立ちふさがった。駅へ入るのをさえぎろうとするみたいに。

「大丈夫ですよ。うち、アットホームな会社ですから。中城、社長には可愛がられてますからね。社長も、中城がお世話になった方ならぜひ挨拶したいと言ってますし。……お願いしますよ。向こうで中城も待ってますから」

早口に言ってから、少しばかり遙の顔をのぞきこむようにする。

押しが強く、いくぶん脅すような口調だった。

とはいえ、遙にしてみれば、もっとハードな場面に立ち合ったこともある。それこそ、ヤクザの組長同士の利害と意地がぶつかり合うような。

慣れたいものではなかったが、この手の脅しへの耐性はあった。

「先生に来てもらわないと、あいつ、困ったことになると思うんですよ」

そして、続けて言った男の意味ありげな言葉に、なるほど、と嘆息した。

ある意味、中城を人質にとっている、ということだ。

足抜けしそうになったのがバレたのかもしれない。

実際のところ、面倒を避けるのなら、ここで帰ることもできるのだろう。……中城を見捨てれば。

だが、やはりそれは難しかった。

おそらく中城は一度、遙が学校を辞めた時に見捨てられたような気がしたのだろうから。

「さあ、どうぞ、先生」

一見さわやかな笑顔でうながされ、遙は覚悟を決めて車のリアシートに乗りこんだ。

その間際、ちらっと物陰に見覚えのある顔を見たような気がした。

——宇崎だ。

もしかすると、マンションの最寄り駅あたりから遙をつけて来たのかもしれない。

ひょっとして宇崎は、この詐欺グループの全容をとらえるつもりで、あるいはアジトを暴くつもりで、あえて遙に中城の電話番号を教えたのだろうか？

だとしたら、うまくやられたということになる。

柾鷹は関わらせないようにしないとな…、と思った。

万が一、警察沙汰になって、この詐欺グループに千住が絡んでいるなどと疑われてもまずい。

「先生は中城とは親しかったんですか？　あ、今はもう、先生はやってないんでしたっけ？」

助手席に乗りこんでいた、さっきの横田とかいう男が何気ないふうに尋ねてきた。

上機嫌な様子なのは、とりあえずもくろみ通りにことが運んでいるからだろうか。

「そう…、まぁね。中城とは五年ぶりになるかな」

「先生は今、何をしてらっしゃるんです？　平日なのにずいぶんとラフな格好、されてますけど」

探りを入れている感じなのだろうか。

中城にしても、今の遙の境遇《きょうぐう》は知らないはずだ。

横田も、そして運転手の男も、一応普通のサラリーマンのようなスーツ姿だったが、遙の方はVネックの半袖シャツに黒のテーラードジャケットを羽織っただけのカジュアルな装いだった。

「自営かな」

どうとでもとれるように答えた遙に、横田が小さく笑う。

「へぇ…、自営業。時間が自由になるなんて、経営者ですか？　先生からいきなり経営って、家業を継がれたんですかね？　でも面倒見、いいですよねぇ…。卒業してもう何年にもなるのに、わざわざ中城のために出てくるなんて」

どこかバカにしたような響きにも聞こえた。教え子なんて、赤の他人のためにわざわざ、というような。

五分ほど走ると細い路地へと入り、雑居ビルが建ち並ぶ一角には、サラリーローンや質屋、居酒屋などの看板が目につく。

薄暗い小さな公園が見えたかと思うと、その向かいのビルの地下駐車場へと車がすべりこんだ。

「さぁ、どうぞ、先生。小さな事務所ですけどね」

車を降りると、愛想よく言いながら横田が遙の横に立って、隅のエレベーターに案内した。

出てきた運転手の方も若く、やはり二十代前半だろう、左右に挟まれるような体勢で、案内というより、拉致と言った方が近いかもしれない。

古びた小さなエレベーターの階数表示は、消えかけているが七階まであるらしく、横田がその最上階のボタンを押した。

ガタン…、と伝わった少しばかり大きな振動に、さすがに遙も背筋が冷たくなる。

つまり、ここが詐欺グループの拠点、ということだ。

どう考えても、ただで返すつもりはないだろう。

あるいは、裏でどこかのヤクザとつながっているのだろうか……？

もしこれが宇崎の狙いだったとしたら、――つまり、宇崎を「飼っている」というどこかの組長の指示だったとしたら、かなりまずい状況と言える。

エレベーターの中には、一応フロア案内のようなものがあり、六階と七階には「株式会社ピュアトレード」のプレートが入っていた。

隠れ蓑《みの》にしている会社だろうか。というより、まともに登記がされているとは思えない。

さほど大きなビルではなく、エレベーターを降りた階には、ざっとドアは二つだけだ。その正面のドアを、先に降りた横田が大きく開いた。

「社長、もどりました。朝木先生、お連れしましたよ」

と同時に、体育会系な快活な声で報告する。

中は体裁を整えただけといった安っぽい応接セットが並び、奥の方には一つ、大きめの執務机があって、その向こうに男が一人、腰を下ろしていた。

「やあ…、これはどうも」

顔を上げて立ち上がった男はやはり若く、せいぜい遙と同い年くらいだろうか。三十代なかばといったところだ。

メガネをかけた、ダークスーツのインテリふうの男。

親しげな大きな笑みを浮かべていたが、酷薄《こくはく》な眼差しはゾクリと寒気を覚えさせる。

そして他にも、スーツ姿の男が二人ほど立っていた。こちらはいくぶん強面《こわもて》で、ボディガードなのか、あるいは必要に応じた「威嚇《いかく》」担当者なのか。

部屋はそこそこ広く、どうやらこちらは社長室兼応接室だろうか。大型のテレビや、とってつけたような名画のレプリカに墨字のパネルなどが飾られ、部屋の隅には段ボールが積み上げられていて、少しばかり雑多な印象がある。

詐欺グループの拠点だとすると、事務所には電話がいくつも並んで、役を演じながら手当たり次第にかけまくっている感じかと思ったが、その「仕事場」は一つ下の階なのかもしれない。

そして応接セットのソファの端にうなだれてすわっていた男が、遙の顔を見たとたん、飛び上がる勢いで立ち上がっていた。

中城だ。

「あ、朝木先生……」

引きつった顔で、遙を見てつぶやく。

「中城。ひさしぶり」

とりあえず、無事な姿にホッとした。

いや。無事とはとても言えないだろうか。

顔には明らかに殴られた痣《あざ》が浮かび、目元や唇のあたりは切れたらしい痕が残っている。

「あ、あの…、すみません…、俺……こんな……」

しかし中城は視線を合わせられないようにあわてて逸《そ》らし、口の中で小さくうめいた。

かなり怯えている様子だ。もしかすると昨日の電話も、中城が自分でというより、無理やりとらされていたのかもしれない。

この間、駅前で会った時、中城は金の受け取りに失敗した。当然、叱責を受け、理由も聞かれただろう。

それで、遙の名前を出すしかなかったわけだ。

「わざわざすみませんね、朝木先生」

と、社長らしい男がデスクをまわってこちらへ近づいてきた。

対照的にひどく明るい、張りのある声だ。命令に慣れたふうな。

「永原《ながはら》と言います。よろしくお願いしますよ」

本名かどうか怪しいが、気さくな調子で言われて、どうも、とだけ遙は返した。

「中城にはよく働いてもらってますよ」

「そうですか。……ここは、アルバイトか何か？」

遙も何気ない様子で中城に尋ねる。

「あっ、はい…。あの、サークルの先輩の紹介で……」

無意識のように、おどおどと視線が横田の方に流れる。

「仕事の内容を知ってて入ったの？」

「それは……」

強いて穏やかに聞いた遙に、中城は唇を噛んで言い淀んだ。

だまされて、気がついた時には逃げ出せなくなっていたということかもしれない。

まあ、お調子者だったので、金に釣られた可能性もある。

「いや、それがですね、朝木先生。できるヤツだと思って、俺もはじめから社長に紹介したんですけどね。こいつ、この間、すごいヘマしちゃって。——なぁ？」

と、横田がゆるゆると本題に入ってきた。

ポンと気軽な調子で横田が中城の肩をたたき、中城がビクッ、と背筋を震わせる。

「は…、はい…っ、すみません…！」

なかば悲鳴のように返した中城の視線は落ち着かないままに、身体は硬直していた。

「俺の顔、潰してくれたんですよね」

いかにも苦い顔で、横田が鋭く舌打ちしてみせる。

「ていうか、朝木先生、話を聞いてみると、どうやらあなたにも責任があるみたいじゃないですか？」

デスクに腰を預けるようにして腕を組み、永原がゆったりとした調子で口を開いた。

「どういうことでしょう？」

そちらを振り返って、遙は聞き返す。

……だいたい、言いたいことの予想はついていたが。

「あなたに声をかけられたせいで、こいつ、うちの客から金を回収し損ねたっていうんですけどね？」

にじり寄るような横田の声。

「困るんですよねぇ、先生。あのあと、あなた、うちのお客さんに詐欺だなんて言ったそうじゃないですか。あれから先方は話も聞いてくれないんですよ」

それに永原がねっとりと続けた。

遙が告げたわけではなく、あのあと駅員か警察官が事情を聞き、事実関係を確認して、じっくりと説明したわけだろう。

が、まあ、一役買ったことは事実だ。

――ただ。

「違うんですか？」

まっすぐに返した遙に、永原が一瞬、鼻白んだように息をつめる。

そして、いきなり牙《きば》を剝《む》いた。

「なめてんのか、てめぇ、このやろう！」

バン！　とデスクをたたきつけ、永原が怒号を張り上げた。

瞬時に、空気が凍りつく。

中城などはすでに真っ青だ。

「……先生。うちは大事な商売の邪魔をされたんですよ？　五百万って大金だ。タダですむわけないでしょう。ねぇ？」

そして急にトーンを落とし、遙の肩口から妙に優しげに口にする。

こんな脅しのやり方はヤクザと変わらないな…、と、おとなしく聞きながらも遙は内心で感心した。

「先生なんだからそのへんの道理、わかりますよねぇ？　ちょっと見過ごせない損害なんですよ。先生にはその分、きっちりと補償してもらいたいんですけどねぇ？」

要するに、受け渡しの邪魔をしたから、その分を遙に払え、ということらしい。

ずいぶんと勝手な言い分だが。

「そうじゃないとね、私たちも上の者に叱られるんですよ。……ほら、先生も恐い方々に家まで押しかけられたくはないでしょう？」

しかし続けられたそんな言葉に、遙はわずかに眉をよせた。

それはつまり――。

「どういう意味です？」

確認するように、遙は聞き返した。

「わからないですか？　俺たちのバックにはヤクザがついてるってことですよ」

横田が少しばかりあきれたように吐き出した。

だとしたら、ちょっと面倒な気がした。関わっている相手にもよるのだろうが。

「どちらの組ですか？」

「……あぁ？」

まともに尋ねた遙に、横田がいくぶんとまどったように低くうなる。

「いちいちアンタ言わなきゃいけないことじゃねぇだろっ！」

そしていらついたように吐き出した。

「では、系列は？」

「系列…？　ふざけんなよっ、てめぇっ！　ぐちゃぐちゃと…！」

切れたように横田が遙の襟首をつかんでくる。

遙は息苦しさに思わず顔をゆがめた。

その勢いのまま、横田が遙の身体をソファへ突き倒す。

無意識に喉元へ手をやって、遙は大きくあえいだ。

「せ、先生…っ」

さすがにあせったように近づいてきた中城に、大丈夫、と遙は軽く手を上げてみせる。

しかしどうやら具体的なところは何も答えられないようで、結局、ヤクザの名前を借りての脅しだけかもしれない。

小悪党のサークルOBが、後輩たちを使っての振り込め詐欺——というところだろうか。

「それで…、どうしろと言うんですか？　金を持ってこいと？」

とりあえず、中城を連れてここから出ることを考えないとな…、と思いながら、遙は尋ねた。

ATMで金を引き出しに連れ出されるのか、とも思ったが。

おい、と永原が顎《あご》をしゃくるようにして横田に指示し、横田が乱暴に遙の身体を探って、ジャケットのポケットから携帯を取り上げた。そのままロックを解除させる。

「金を持ってきてもらうんですよ。アンタの身内に」

横田から渡された遙の携帯を勝手に操作しながら、にやにやと永原が言った。

「悪いけど、俺に身内はいないよ。両親は亡くなってるし、兄弟もいないしね」

それに冷ややかに遙は指摘する。

「本当なのか？」

うん？　と永原が眉を上げ、中城をねめつけるようにして尋ねた。

それに中城がぶるぶると首を振る。

「し…知りません…っ。あっ、両親を亡くしたっていうのは、聞いたことありますけど……」

尻すぼみに小さな声で中城が答える。

チッ、と永原が舌打ちした。

「じゃあ、友達か…、同僚に頼るしかないですかね」

「あ、そういえば今は自営だそうですよ、この先生。会社、やってるなら社員がいるんじゃないですか？」

思い出したように、横田が口を開いた。

ふん…、と鼻を鳴らし、どうやら永原はアドレスか着信履歴をチェックしているようだ。

そもそも遙の携帯に入っている番号の登録は、かなり少ない。それもほとんどが組関係の人間になる。――不本意にも、だが。あとは、よく使うショップくらいのものだった。

「あぁ…、鷹ぴー、ってのがあるな。カノジョですかね？」

にやりと笑って聞かれ、遙は思わず笑ってしまいそうになった。

「いや。彼女ではないな」

真面目な顔で答えるのに、一苦労するほど。

「この狩屋っていうの、先生の何です？」

どうやら着歴を順に追っているらしい。

狩屋の名前は多分、トップにある。

「まぁ…、友人で同僚かな」

「つきあいは長いんですか？」

ほう、とつぶやいて永原が確認する。

「そうだな。まあ、中学の時からだから二十年くらいは」

「二十年？　中学のツレと今でもつるんでんのか？　そりゃすごい」

あきれたような、感心したような様子で永原が笑った。

「……で、どっちだったら金、持って来てくれそうですかね？」

薄笑いで永原が聞いてくる。

遙はちょっとため息をついた。

千住を関わらせたくはなかった。が、仕方がない。

「狩屋の方が話が通りやすいと思うよ」

いずれ柾鷹に話がまわるにしても、狩屋を通した方が冷静な対処ができる。

「友情が試されるってわけだな。メロスになってくれそうですかね」

答えた遙ににやっとして、永原がのんびりとした様子で発信したようだ。携帯を耳に当てて、相手が出るのを待っている。

「——あ、狩屋さんですか？　……こちら、朝木さんの代理の者ですけどね。永原と言います」

まもなく、朗らかな様子で永原がしゃべり始めたのが聞こえてくる。

ハァ…、と遙はため息をついた。

窓越しに灰色の空が見え、窓ガラスに雨粒が当たる音が耳につく。

どうやら本格的に降り始めたようだった——。

◇

◇

「おい、前嶋《まえじま》、遙《はるか》はいねぇのか？」

この日の夕方近く、柾鷹《まさたか》は本家を仕切っている男を捕まえて尋《たず》ねた。

さっき出先から帰ってきて、いったん遙のいる離れに顔を出したのだが、人の気配がなかったのだ。

「まだ帰ってないのか？」

天気もよくないし、そもそも外へ出そうなタイミングでもないのだが。

「あ、はい。ゆうべはマンションの方にお泊まりだったようですが、今日は一度もこちらではお見かけしてませんよ。——おい、顧問、今日はこちらに帰ってらっしゃったか？」

前嶋がちょうど通りかかった部屋住みの若いのを呼び止めて、確認している。

「い、いえ！　今日は離れの方にはいらっしゃらなかったです」

柾鷹と前嶋とを見比べながら、その男がへどもどと答えた。

「えー…、マジか……」

腕を組み、思わず柾鷹の口から不満たらたらな声がもれてしまう。

せっかく早めに帰ってきたんで、夕食も一緒にとれるかと思っていたのだが。

そしてあわよくば、一緒に風呂とか…、もちろんさらにその先まで妄想は膨《ふく》らんでいたというのに。

「ゆうべからですか…」

一緒に帰ってきていた狩屋《かりや》が、何か考えるように小さくつぶやく。そしてちらっと、何か言いたげに柾鷹の顔を横目にした。

「……なんだよ。別にケンカはしてねぇぞ？　機嫌、損ねたわけでもねぇし。……多分な」

さすがに長いつきあいだ。相手の意図するところを悟って、先まわりするように柾鷹は主張しておく。

「先日、外食して帰ってきたあとで、何かやらかしたわけでは？」

「ないない。ないっ」

つらっとした顔でさらに聞かれ、実際に心当たりはなく、――ベッドの中で気持ちよくしてやったくらいだ――きっぱりと否定した。

実際あの日は、遙も結構、乗り気だったたし。やっぱり寿司がうまかったせいだろうか。機嫌はよかった。

「……そういや、例の宇崎《うざき》とかいう刑事については何かわかったか？」

ダラダラとリビングの方に移りながら、思い出して柾鷹は尋ねた。

二階の和洋室のリビングに入り、大きなコーナーソファにどさりと腰を下ろす。

その寿司屋で、遙の口から出た男の名前だ。

それだけでも十分に調査に値するわけだが、千住《せんじゅ》とはライバル関係にある磯島組《いそじまぐみ》が関わっているとなると、見過ごしてもおけない。ちょっとした身辺調査を頼んでいたのだ。

ああいう男は、時によってあっちについたりこっちについたりと信用はおけないが、警察官であればそれなりに利用価値はある。どことつながっているのかを把握しておくことは大切だった。

「はい。ちょうど今日、報告が上がって来たところです。……ちょっとおもしろいこともわかりましたよ」

狩屋が手にしていたブリーフケースを広いローテーブルにのせ、中からファイルを一つ、取り出した。

「磯島がらみでか？」

眉をよせて、柾鷹は確認する。

「いえ。……まあ、磯島の組長が宇崎を遙さんに近づけたのは間違いないようですが。けれど、警察にマークされたからといって遙さんがびびって逃げ出すとは、磯島の組長も期待しているわけじゃないでしょう」

そんな狩屋の言葉に、柾鷹はふん、と鼻を鳴らす。

それはそうだろう。

なにしろ遙は、カタギのくせに神代会《かみしろかい》の例会に乗りこんでくるような男だ。ちょっと今までとは違う方向からプレッシャーを与えてみた、というくらいのことだろうと思う。……少なくとも、今のところは、だ。

「おもしろいことって？」

「それがですね…、実は」

聞き返した柾鷹に、狩屋が答えようとした時だった。

狩屋のポケットで、携帯がかすかなバイブレーション音を立てたのが耳に届く。

「すみません。ちょっと失礼します」

ファイルをテーブルにおき、狩屋がポケットから携帯を出して相手を確認する。

「遙さんからです」

そして柾鷹に向き直って報告してから、もしもし、と電話に出た。

「ふーん…」

それを横目に、柾鷹は思わずうなってしまった。

いや、連絡があるのはいいのだが、なんで狩屋の方なんだよ…、という気がして。

もっとも、遙が電話をよこすとすれば実務的な用がほとんどで、七割方狩屋にかかっているのだが。

そして柾鷹も狩屋とは行動をともにしていることが多いので、特に問題はないのだが、……気持ち的にいささかおもしろくない。

まあ、柾鷹にかけると面倒だ、という認識が遙にはあるのだろう。まったく、心外なことに。

遙も昨今の自分の環境については理解しており、それなりの気配りをしているので、遅くなる、とか、その手の連絡かと思ったが。

「――どちら様でしょうか？」

相変わらず落ち着いた、しかしわずかな警戒と冷ややかな口調で返した狩屋に、柾鷹はふっと怪訝《けげん》に視線を上げた。

発信が遙の携帯からで、狩屋が相手を確認するということは、今、誰か別の人間が遙の携帯を使っているということだ。

ただ事ではない。

まさか、また磯島あたりが何かしたのか…？　と、一瞬、身体が緊張した。

「……永原《ながはら》さん。どちらの永原さんですか？　――ええ。なるほど」

狩屋の方も向き直って視線で合図をし、相手の声を聞きながら、柾鷹のはす向かいのソファへそっと腰を下ろす。

そして素早く携帯をスピーカーフォンに切り替えると、静かにテーブルにのせた。ちょうど柾鷹と自分との中間ほどだ。

『実は朝木《あさぎ》先生にちょっとした問題が起きましてね。何というか…、過失、というんでしょうか。それに対する補償をね、先生にはお願いしたいんですよ』

相手の男の声が流れてくる。比較的若そうだ。

どうやら永原とかいう男は、遙のことを「先生」と呼んでいるらしい。

学校の、という意味か、あるいは今の仕事上のトラブルなのか。

つまり、ヤクザがらみではない、ということになる。

……何やってんだ、あいつ？

内心で首をひねりつつ、携帯から聞こえてくる覚えのない男の声に、柾鷹は無意識に上体を伸ばして耳を澄ます。

『あなた、狩屋さんでしたか。朝木先生のお友達で、同僚の方なんですよね？』

「ええ。そうですよ」

ちらっと柾鷹を見てから、狩屋が相手に合わせて答える。

まあどちらも、あながち間違いではない。

遙がそう説明したのだろうか？　ということは、やはり組関係ではなさそうだ。

神代会でなくとも、そのへんのヤクザであれば、狩屋の名前を知らないとは思えない。……もっとも、ほんの末端のチンピラなら、相手を知らずに脅しをかけてくることもありえるが。

が、少なくとも、神代会の人間が関わっているわけではなさそうだ。

「それで、うちの顧問の過失というのはどういった内容でしょうか?」

狩屋が丁寧に尋ねている。

『実は先日、うちの社員の仕事を邪魔してくれましてねぇ…。先生の昔の教え子だそうですが、おかげでうちとしては大事な商談を逃してしまったんですよ。数百万の大損害でしてね』

先日、というのが正確にいつのことかわからないが、ここ数日で遙が外出していたのは、あの寿司屋で飯を食った日くらいだ。

宇崎がちょっかいをかけてきた日だが、……あぁ、と柾鷹は思い出した。

そういえば遙は、詐欺グループの受け子をやっているらしいかつての教え子と会った、と話していた。

心配していたようだから、そのあと何かで接触したのかもしれない。

ちらっと狩屋と視線を合わせると、狩屋も察したように一つうなずく。

その話が出た時に狩屋はいなかったが、何かの流れで柾鷹が話した気がする。

『朝木先生によると、あなたならその補償金を持ってきてくださるということですので、お電話させていただいたわけなんですよ。ええ…、私もできれば手荒なことはせずに、もとのまま、ご無事に朝木先生をお返ししたいと思ってますからねぇ』

丁重で朗《ほが》らかな口調の中に、明らかな脅しをにじませる。

相手によっては効果があっただろうが、あいにく脅す相手を間違っていた。

「……なるほど。お話はわかりました。ちょっと朝木さんとお電話を替わっていただいてよろしいですか？　無事を確認したいですしね」

狩屋が丁寧に頼むと、少々お待ちください、としばらくして相手が替わる。

『……狩屋？　悪いな、手間をかけて』

遙の声が聞こえてきた。

疲れているような様子ではあったが、落ち着いて、トーンも安定している。

無事なようだ。

柾鷹はちょっと息をついた。

「いえ。ご無事ですか？　何かされているわけでは？」

『いや、それは大丈夫。ただ、派手な騒ぎにはしたくないんだ。教え子もいるしね。……宇崎さんあたりに知れると、また厄介だから』

さらりと何気ない調子でつけ足した遙の言葉に、柾鷹はわずかに眉をよせた。

ここでわざわざ宇崎の名前を出すということは――また宇崎につけられている、と知らせたいのだろうか?

柾鷹がここで何か騒ぎを起こせば、宇崎の立場では、おそらく詐欺グループの検挙より、柾鷹を引っ張るいい口実になる、と。

そうなれば磯島は高笑いするだろうし、宇崎としても磯島にいい貸しを作れるわけだ。

と、そこで電話がもとの永原とかいう男にもどった。

『先生もこうおっしゃってるんですが、……どうです? ご準備いただけますか?』

楽しげに男が尋ねてくる。

「わかりました。それで、その補償金というのはいかほどでしょう?」

『え? こりゃ…、話が早い。ええと、そうですね…、五百万ほどになるんですけどねえ…』

これほどスムーズに話が進むとは思っていなかったのだろう。具体的な狩屋の問いに一瞬とまどったようだが、それでも金額を提示してきた。

それが男の考える、ふっかけた金額というわけだ。まあ、こちらの経済状態を知らなければ、様子見でその程度ということか。

狩屋が小さく笑った。

「五百万、ですか」

『必死にかき集めればなんとかなるでしょう、そのくらいなら。会社、やってらっしゃるんですよねぇ？』

「いえ、その程度でいいのかと。ちょっと拍子抜けしただけですよ」

さらりと返した狩屋に、携帯の向こうで男が一瞬、言葉を呑む。

そしてようやく、うなるように口にした。

『……これは、またずいぶんと羽振りがいいようですね、おたくの会社』

「顧問はうちにとって金に換えられない方ですのでね。かすり傷一つでもつけてもらっては困るんですよ。丁重に扱っていただけますか？」

まだ金を引き出せる、と相手に思わせられれば、それだけ遙の安全は保証される。

『ハハハ…、わかりました。VIP待遇で接客させていただきますよ。……でしたら、保証料として、あと五百万ほど上乗せしてもらえますかね？』

調子に乗ったのか、余裕をみせる狩屋に意地になったのか、男が凶暴さをにじませる低い声でたたきつけるように言った。

「一千万ですか？　ええ、問題はありませんよ。いつお渡しすれば？」

あっさりと答えた狩屋に、男が一瞬、言葉を呑むようにしてから低く答える。

『まぁ…、金を準備する時間も必要でしょうから。……三時間後くらいでいかがですかね？』

「結構ですよ。どちらで受け渡しを？」

『それはまた三時間したらご連絡さし上げますよ。――では、その時に。よろしくお願いしますよ、狩屋さん』

それでも用心したのか場所は告げず、それだけ言って電話が切れる。

ふぅ…、とさすがに無意識に、柾鷹は長い息をついて、どさりとソファへもたれかかった。

「三時間後ねぇ…」

指先でこめかみのあたりを掻きながら、柾鷹はつぶやく。

「どこを指定してくるにせよ、遙さんは連れて来ないでしょうね」

冷静に狩屋が言った。

「粘れば、もうちょっと金が取れると思っただろうしな…」

柾鷹は低く笑う。

そんな狩屋の駆け引きだった。

「……で、今、遙はどこにいるって？」

「調べてみます」

狩屋が手を伸ばしてカバンからタブレットを取り出すと、何か操作を始めた。

ＧＰＳだろう。さっきまで遙の携帯を使っていたくらいだから、特に警戒しているとは思えない。

「──おい！　誰かいねぇかっ」

その間に、柾鷹は声を上げて舎弟を呼ぶ。

はいっ！　とあせったように、部屋住みの一人が飛んできた。

「前嶋に言って、適当なカバンに金をつめさせろ。一千万だ」

無造作に言われたそんな言葉に、えっ？　と一瞬、若いのが目を丸くしたが、次の瞬間、はいっ！　とだけ答えて、ドタドタと階段を駆け下りていく。

「ま、こっちから迎えに行ってやるさ」

気怠くソファから立ち上がりながら、にやりと柾鷹は笑った──。

◇　　　◇

「すごいですね、先生。実はどこかの御曹司《おんぞうし》ですか？　ああ…、顧問と呼ばれてたようですから、重役待遇ってことですかね」

電話を切って、永原が意外そうにじろじろと遙を眺めてきた。

遙はそれに無言で返す。

「先生は辞められてるんですよね？　今、何の仕事をしてらっしゃるんです？」

「ファイナンシャル・アドバイザーですよ」

さらに興味津々に聞かれ、あっさりと遙は答えた。

「ほう…、ファイナンシャル・アドバイザー。それはぜひうちの資産管理もお願いしたいですね」

永原がにやにやと軽口のように言う。

「おい、聡司《さとし》。親切な先生に感謝しろよ？　卒業したあとに、ここまで面倒見てくれる先生はそうはいないからな」

「は…はい」

萎縮してソファに身を縮めている中城《なかじょう》の肩を、ハハハッ、と大きく笑いながら横田《よこた》がパンパン、と強めにたたく。

「どうしますか、社長？　俺が受け取りに行きますか？」

そしてデスクの方に近づいて、横田が尋ねている。

「ああ、頼む」

「場所、どこにします？」

「そうだな。三時間後だったら八時くらいか…。どこか、適当なホテルのロビーあたりがいいかもしれないな」

永原たちがデスクのあたりで相談を始めたのを横目に、遙は何気なく中城の横に腰を下ろした。

ビクッと身体を震わせ、中城がわずかに背筋を伸ばした。

「中城」

「す、すみません…、先生……」

小さく声をかけると、中城が絞り出すような声であやまってくる。

「おまえ、仕事の内容を知ってて連中に使われてるのか?」

上目遣いに男たちの様子を見ながら尋ねると、中城がぶるぶると首を振る。

「俺…、ただ横田さんに誘われて…。品物を受けとるだけの簡単な仕事だからって」

遙は小さくため息をつく。

受け子を雇う常套句《じょうとうく》だ。

「何回目?」

「は、初めて…、この間、先生に会った時が初めてで…。途中からヤバイって気がしてたから、先生に声、かけられてあせっちゃって。仕方なく帰ってきたら、責任とれって。俺…、金ないし、だったら邪魔した先生を探して出してもらえって言われて。すみません…っ、俺……」

「抜けたいか?」

低く尋ねると、中城がガクガクとうなずく。

「警察沙汰になっても？」

すでに二十歳は超えているから、事件化されれば未成年の扱いにはならない。

厳しいそんな指摘に、一瞬、中城が顔を強張らせ、迷うように視線を漂わせて、……それでも唇をなめてから、一つ、うなずいた。

「わかった」

遙はそっとソファにもたれかかった。

おそらく外には宇崎が——あの刑事が張りついている。

いざとなれば、助けてもらうこともできるだろう。この連中にしても、警察を相手にはしたくないはずで、あるいは検挙されるのなら、それはそれでいい。

むしろ、あの刑事に借りを作ることに気が進まなかった。遙の立場で、そうしていいのかどうかの判断も難しい。

狩屋にはそのあたりも伝えられたはずだから、そちらの判断に任せるしかなかった。

必要なら、何か手を打ってくるだろう。

あとは柾鷹が無茶なことをしなければ、だが。

「……まぁ、ともかく、朝木先生にはしばらくこちらでゆっくりくつろいでてもらいましょうか。

ああ、コーヒーでもお出ししろ。高いヤツをな」

ようやく相談がまとまったらしく、向き直った永原が機嫌よく指示する。

そして何気ない様子でメガネを拭きながら、ねっとりと遙を横目にした。

「丁重に扱えよ。ずいぶんと金になる人のようだからな。……いや、それにしても予想外でしたよ、先生」

意外そうな言葉に、遙は特には答えず、軽く肩をすくめただけで返した。

――多分、それ以上に予想外だろうな。

と、内心でつぶやきながら。


取り引きまで三時間らしかったが、正直、ヒマを持て余した。

携帯は返してもらえず、ネットもできず、本もなく。

ただこの社長室で、彼らの「仕事ぶり」を眺めているくらいだ。

常に在席しているのは社長の永原と、ボディガードらしい着崩れたスーツの男が二人ばかり。

時折、監視するようにチラチラと遙たちを横目にしていたが、やはり退屈そうに別のソファやイスで雑誌を眺めている。横田は腹心なのか、部屋を出たり入ったりしながら永原の指示をあちこちに出しているようだ。

そして遙たちを怯えさせる意図もあるのか、永原は入れ替わり立ち替わりで報告に上がってきた「社員」を厳しく叱責していた。

「何、生ぬるいことやってんだっ、てめぇはよっ!」

そんな怒号とともに容赦なく顔を殴り、腹を蹴り、髪を引きつかんで壁やテーブルにぶち当てる。

環境が環境とはいえ、遙自身がさほど暴力に慣れているわけではなく、さすがに気分が悪い。

「いや…、お見苦しいところをお見せしてすみませんね、先生」

そしてことさら朗《ほが》らかな様子で、永原があやまってくる。

「この仕事、一からノウハウを教えるのも結構大変でしてね…。この間、中城にやらせた受け渡し程度の仕事なら、本当はタダの短期バイトでもよかったんですよ? ほら、それなら俺たちがいちいち顔を合わせる必要はない。何かあった時ためにね。けど、横田の紹介だったし、そいつも金がいるっていうんでね。長く使えるようにって目をかけてやってたら、最初の研修であのザマでしょう。いやもう、どうしようかと思ってたんですよ、実のところ」

遙たちを横目に、永原が饒舌《じょうぜつ》に説明する。

「私や幹部連中との顔合わせもすんでましたし…、失敗したからってそのまま放り出すわけにはいかない。学生たって、二十歳を過ぎたいい大人ですからねぇ…。ミスをすればその責任はとってもらわなきゃならない。こっちも商売ですからね。他の社員の手前、大学の後輩だからって、そうそう甘い顔もできないわけですよ。……まぁでも、そいつは運がよかった。いい先生がいて、命拾いしたみたいでね」

いかにも、運が悪ければどうなっていたか――、と言いたげだ。

そして実際にそれを想像したらしく、横で中城の表情が青ざめていく。

ちらっと壁の時計を見ると、六時半をまわったところだった。狩屋に電話してから、一時間ちょっと。

窓にはブラインドが下ろされていたが、結構な激しさで雨は降り続いているらしい。隙間から、飲み屋らしい看板もちらついていたが、こんな日は客足も悪そうだ。

「梅雨時だと、あなたの商売はちょっとやりにくくなるんですか？　お年寄りは外へ出るのを嫌がるでしょう」

ふと素朴な疑問が浮かんで、遙は何気なく口に出していた。

うん？　と永原が目をすがめてうかがうように遙を眺める。

「まぁ…、そんな場合はこちらから取りにうかがいますよ」

そして穏やかに答えながら、永原がスッと席を立って遙に近づいてきた。

ガラスのテーブル越しに遙の向かいに立つと、上からじろりとにらんできた。

「先生。あんた、さっきからずいぶんと腹が据《す》わってるな。……それとも、俺はなめられてんですかね？　まさか、冗談半分のお遊びだと思ってますか？」

低く脅すように言われ、遙は男を見上げたまま、静かに返した。

「冗談だとは思っていませんが、バカなことをしてるなとは思ってますよ」

「なんだと、てめぇ！　社長にどんな口、きいてんだっ、おらっ！」

後ろから横田がチンピラみたいな声を張り上げる。

「おい、横田。大事なお客さんだ。そんな乱暴な声を出すんじゃない」

わずかに眉を上げたものの、永原が淡々といさめた。

「あっ…、すいません」

恐縮したように横田があやまった、次の瞬間——

永原が片足で目の前のテーブルを蹴り上げた。

のっていたコーヒーカップごと軽々と吹っ飛び、ガラストップが横の壁にたたきつけられて、すさまじい勢いで砕け散る。

「うわぁぁぁっっ……！」

耳を刺すような甲高い音に、壁に近かった中城が悲鳴を上げて、両腕で頭を抱えるようにして身を伏せた。

遙もとっさに片腕で顔をかばったが、飛んできたガラスの破片が頬をかすめたのがわかる。一瞬、走った鋭い痛みに思わず顔をしかめた。

音が収まり、室内には耳に痛いほどの沈黙だけが漂う。

遙がそっと息を吐いて腕をもどすと、手の甲や手首のあたりも薄く切れて血がにじんでいた。

「……失礼しました、先生。でもね…、あまり粋《いき》がってるのもどうかと思いますよ？」

唇だけで酷薄《こくはく》に笑って、メガネ越しに底光りする目で永原が見下ろしてくる。

遙は冷静にその顔を見上げた。

「粋がっているつもりはありません。ただ、こう見えて私もそれなりの場数を踏んでいますから。慣れてるんですよ」

否応なく、というか、不本意ながら、というか。

「場数？」

それに永原がふん、と鼻を鳴らす。

「万引きの学生を引き取りに来てもらってんじゃないんですよ、先生。……ま、いいや。こうなったら先生には当分の間、おつきあいいただきますからね。この状態じゃ、事務所の移転費用も補塡《ほてん》してもらわなきゃいけないみたいですしねぇ」

頭を掻くようにしながら、あたりまえのように口にする。

当分——というのは、つまり今夜、金を奪ったあと、またさらに要求するつもりだろうか。

確かに、部外者の遙をここに連れてきたからには、このあと詐欺の本拠地としては使えなくなる。また別に移すつもりか、あるいは他にもこんな場所があるのかもしれない。

それまでに、とれるだけ搾《しぼ》り取ろうということだろう。

当分、帰すつもりはない、と。そもそも——顔を見られたわけだから、生かして帰すつもりはない、のかもしれない。

遙の「身内」から一千万、さらにそれ以上の金を引き出すつもりなら、帰したあとで警察に届け出されることは当然、考えるはずだ。

さすがにゾクリと背中が冷えた。

「なぁ、先生。しばらく仲良くさせてくださいよ。今はファイナンシャル・アドバイザー？　でしたっけ？　金を増やす方法についていろいろと教えてもらいたいですしね」

永原がわずかに顔をのぞきこむように身をかがめ、ねっとりと、気安い調子でぽんぽん、と肩をたたいてくる。

男の薄い笑みと、獲物をいたぶるような楽しげな眼差しが間近に迫り、ざわり、と肌に鳥肌を立てる。

遙は反射的に手荒く、男の手を振り払った。

「気安く触らないでもらえますか。うかつに触らせると怒るヤツがいるもので」

強《し》いて抑えた声で、固く、しかしはっきりと言った遙に、男の張りついたような笑みが強ばった。その目に危険な光が瞬く。

「てめぇ…」

押し殺した声に、殺意にも似た怒りがにじんでいる。

「あぁ？　どこのお嬢様だよ、てめぇ…っ」

横田が後ろで上げた声もいくぶん遠い。

「アンタ、一度、痛い目を見ないとわからないようだな…」

つぶやくように言った次の瞬間、永原が床に横倒しになっていたフレームだけのテーブルをさらに激しく蹴りつけた。

ガン！　と鈍い音を立てて脚が壁に大きな傷をつけ、その脚をひん曲がらせてすべり落ちる。

うわぁっ、うわぁっ！　と飛びすさるようにソファから逃げ出した中城がすぐそばの床に尻をついて、頭を抱えたままじりじりと隅へと逃げようとする。

ぬっと顔を近づけてきた永原が、遙の髪を鷲《わし》づかみにした。

「……つっ…！」

刺すような痛みと息苦しさに、思わず声がもれる。

「わかってんのかァ…？　アンタ、自分の立場ってモンをさ…。何なら、ヤク漬けにして客を取らせるか…、あぁ、ビデオに出してやってもいいんだぜ？　マジメな男の先生が男子生徒に犯《や》られまくる実録モノとかな。そういうのが好きなヤツも多い」

残忍な男の眼差しに、さすがに息をつめた――その時だった。

「すげぇ音が外まで響いてんなァ…。また、ずいぶんと派手な出迎えじゃねぇか」

いきなり、ガチャリ、とドアが開いたかと思うと、男が一人、ふらりと入ってきた。

――見覚えのありすぎる顔だ。

「柾鷹……」

遙がつぶやくと同時に、無意識にもこちらの様子に見入っていた他の連中がようやくハッと、ドアに向かって身構えた。

「なんだ、てめぇ…？」

低くうめくように言いながら永原がようやく遙から手を離し、闖入《ちんにゅう》してきた客に向き直る。

柾鷹の表情が不機嫌そうにゆがみ、それでもするりと遙に視線を移した。

全身を眺めて、特に異常はないと判断したのだろう。

「よぉ、遙」

ニッ、と笑っていつもと同じ、家にいる時とまったく変わらない様子で、のんびりと柾鷹が声をかけてくる。

「おまえ……、どうしてここに？」

「迎えに来てやったんだろーが」

さすがに驚いて尋ねた遙に、あっさりと柾鷹が答える。

「迎えにって……あぁ」

ＧＰＳか、とようやく気づいた。

だが本来は三時間後、永原が取り引き場所を指定するはずだったが。

……待つ気はなかった、ということらしい。

らしいな、と、妙におかしく――うれしく、胸の奥が少し疼《うず》くような気持ちになる。

「なんだ、おまえ…？　誰だよっ？　誰に断って入ってきたっ!?」

と、ようやく我に返ったように、横田がわめいた。

「子犬みたいにキャンキャン吠えんなよ。耳障りだろ」

小指で耳をほじりながら、ちらっと柾鷹がそちらを横目にして軽くいなすと、横田が目を剝《む》いてにらみつける。

「なんだと…、ふざけんなっ！」

思いきり殴りかかった拳《こぶし》がひょいと軽くかわされ、流れた腕がとられて一気に体勢が崩れた男の腹を、柾鷹の膝が容赦なく蹴り上げた。

見かけは軽々とした調子だったがかなり強烈な蹴りで、バシッ、と弾けるような音が耳に届いたほどだ。

げぇっ、と横田が濁った音をもらし、胃液をぶちまけながら床へ沈んだ。ピクピクと肩のあたりを痙攣《けいれん》させている。

それには目もくれず、柾鷹がゆっくりと遙に近づいてきた。

「――くそっ！」

突然のことに、一瞬立ちすくんでいたボディガードの一人が、大きく振りかぶって無防備な柾鷹の背中から殴りかかろうとする。

が、その横っ面《つら》が、続いて入ってきた男の提げていた黒のアタッシュケースで、無造作に張り飛ばされた。

ぐぁっ！　とひしゃげた悲鳴で、男が壁にたたきつけられる。

鼻からなのか、口からか、血が派手に飛び散ったところを見ると、狙ったようにアタッシュケースの角が当たったのだろう。さらには頭を激しく壁にぶつけ、脳震盪《のうしんとう》でも起こしたようなうつろな目だ。

「失礼」

そちらをちらっと横目にしただけでさらりと言った狩屋が、アタッシュケースを手元に持ち直し、遙と目が合うと折り目正しく、目礼してくる。

「どうも、顧問」

穏やかな口調だったが、場は凍りついていた。

ボディガードの大柄な身体が力を失って壁からすべり落ちる音と、床でのたうつ横田のうなり声は確かに響いていたが、それだけに他の沈黙が際立っているようだった。

残っていたボディガードのもう一人と、居合わせた社員の一人が、声を失ったまま目を見開いている。

そして中城は、ずり落ちたソファの横の壁際へ身を縮め、頭を抱えたまま、おそるおそるあたりを眺めていた。

「なんだ、てめぇら…？」

ようやく永原が気を落ち着けるように息を吐き、じわりと低く尋ねた。

さすがに遙に対する時とは違い、相手を見たのだろう。明らかな臨戦態勢で。

それでもあえて余裕をみせるように、両手をポケットに突っ込んでいる。

「あんたが永原か？　わざわざこっちから金を持ってきてやったんだろうがよ。あー、補償金だったか」

ふん、と鼻を鳴らすようにして答えた柾鷹に、永原が眉をよせた。

「おまえが狩屋か？」

「いや。狩屋はそっち」

と、柾鷹が顎《あご》で後ろを指す。

そして何気ない様子で遙の前に立つと、スッ…、と手を伸ばしてきた。

いくぶん厳しい表情に、一瞬、殴られるかと身構えたが、頭に伸びた指が乱れた髪をすくようにして撫でただけだった。さっき、永原につかまれた痕《あと》を拭うみたいに。

そして、その指先がかすめるように頬をすべり落ちる。

「なんだ、その傷は？」

もどした男の指先には、わずかに血がついていた。

「ああ…、たいしたことはない」

遙自身、突然の展開になかば呆然《ぼうぜん》としたまま答えて、……それでも身体の奥からホッ…と、安《あん》堵《ど》と、どこかくすぐったいような甘い思いがこみ上げてくるのがわかった。

目の前にこの男がいる安心感――。

じわり、と男の体温が押しよせて来るようだった。

が、何かに気づいたように眉をよせた柾鷹が、軽く上がっていた遙の手をパシッと引きつかむようにして握る。

「こっちも」

不機嫌につぶやくと同時に、手の甲ににじんでいた血をぺろりとなめとった。

「おい」

男の舌の感触に、ざわっと身体の奥が震えるのがわかる。こんな状況だというのに。

わずかに声が震えてしまう。

敏感に察したように、ふっと顔を上げた柾鷹が唇の端でにやりと笑った。

ムッとしたのと、少しばかり気恥ずかしくなったので、遙は男をじろりとにらむ。

「もう…、よせ」

さらに手首のあたりまで舌を這わせていた男の顔をその手ではたいてやると、急いで引っこめた。

肩をすくめるようにしてから、柾鷹がゆったりと永原を振り返る。

「おい、おまえ。うちの大事な顧問を丁重に扱えと言ったはずだが、聞こえてなかったのか？てめぇの耳は単なる飾りのようだな。……あぁ？　いらねぇだろ、そんな耳なら」

因縁《いんねん》をつけるように低く言いながら、ふらりと数歩、男に近づいた柾鷹が、いきなり永原の左耳をひねり上げた。

傍目《はため》にも、ほとんどむしり取ろうとするような容赦のなさで、男の上体が引っ張られるままにつんのめっている。

「なっ…！　——くそっ、離せっ！　クソやろうがっ！　ふざけんなっ！」

がむしゃらに永原が暴れ、バタバタと強引に柾鷹の手を振り払うと、真っ赤になった耳を撫でながらじわじわとデスクの後ろへと後退った。

それまでの丁寧さもかなぐり捨て、憎々しげに柾鷹をにらみながら、ぜぃぜぃと息が荒い。顔の方も赤く、メガネの奥が涙目になっている。

「なんだよ…、まだ時間じゃねぇだろうがっ！　しかも何でここに来るんだよっ!?」

混乱したように叫ぶ。

「一千万程度の金を集めるのに、五分も必要ないんでね」

軽く鼻を鳴らし、柾鷹がふり向くこともなく片手だけを横に伸ばす。と、狩屋がその手にアタッシュケースを渡した。

引きよせた勢いのまま、柾鷹がそれをバン、と永原の前のデスクにのせ、パチッとロックを外すと、無造作に上部を開いてみせる。

横からでも、万札が隙間なく詰められているのがわかった。

驚いた――が、何かドラマの中の光景のようでもあり、妙に現実感がない。

考えてみれば、遙は常に、パソコンの画面上でこの数倍もの額の取り引きを行っているのだ。

だが、インパクトは圧倒的に違う。

やはり数字が目の前を流れるだけの感覚とは違い、現ナマの力だろうか。

無造作に柾鷹がひと束つかみ、パラッと軽くめくって見せた。すべて本物だ、という証明だろうか。

ゴクリ、と永原が唾を呑む。

相手が確認したのを眺めてから、パン、と再びアタッシュケースを閉じた柾鷹が、さて…、とおもむろにつぶやいた。

「うちの顧問が歓待してもらったんなら、この程度の金を払うのは屁でもないがな…。カワイイ顔に傷をつけられたとあっちゃあ、それなりの落とし前をつけてもらわねぇとなァ…」

口調だけはゆったりとした柾鷹の言葉に、永原が目を剝いた。

「落とし前…？」

低くうめいたかと思うと、いきなりデスクの引き出しから黒いものをつかみ出し、まっすぐに柾鷹に向かって突き出した。

——拳銃だ。

「柾鷹……！」

遙の口から思わず悲鳴のような声がほとばしる。

「ハハッ！　言ってみろよ！　俺にどう落とし前をつけさせるって!?　——ほらっ、さっさとその金を置いてうせろよっ、クズがっ！」

永原が哄笑《こうしょう》したが、その顔は引きつったままだ。かなり混乱しているのだろう。

「素人《しろうと》が持つオモチャじゃねぇなァ…」

しかし柾鷹はわずかに目をすがめただけで、やれやれ…、というように首をまわす。

「な…、てめぇら…、ふざけんなよっ！　どうにかなると思ってんのかっ!?　たった二人で乗りこんできやがってよ！」

小刻みに震える手で拳銃を突きつけたまま、永原がわめく。

「こっちに何人いると思ってるんだっ？　ここだけじゃない…、下の階にもな！」

「二人？　そうかな？　……窓の外、見てみろよ」

片頬だけでせせら笑うように、柾鷹が顎で窓の方を指す。

「なに…？」

永原がゆがんだ笑みを貼りつけた顔でじりじりと窓に近づき、それでもハッと思い出したように、立ち尽くしていたボディガードの一人に指示した。

「おいっ、外を確認しろ！」

ようやく我に返ったように、言われた男が下ろされていたブラインドを上げて、慎重に窓の外を見下ろす。

雨が窓をたたくのがわかるくらいで、遙のいるところからは到底見えなかったが、男は暗い中で何を見たのか、バッと永原を振り返った。

「どうした…？」

かすれた声で永原が尋ねる。

「車が……何台か。それに……、何か人が集まってます」

「人？」

「傘が……、すごい数、下で開いてて。玄関先とか、前の公園にも。このビル、囲むみたいに」

男も混乱したようにうめいた。

「急だったんで、三、四十人くらいっきゃいねぇよ。うちの顧問の出迎えには、ちっと淋しいけどなァ…」

それに、うそぶくように柾鷹が言った。

「――どけっ！」

自分で確かめようと、永原が男を押しのけ、窓に顔をよせた——その時だった。

一瞬、柾鷹が狩屋に目配せしたのがわかる。

と、次の瞬間、柾鷹が手元のアタッシュケースの持ち手を握り、勢いをつけて永原の顔面めがけて投げ飛ばした。

「なっ…、——うわぁぁぁっ！」

気づいて、とっさに両手で顔をかばうようにして永原がそれを避け、バランスを崩した拍子に、身体が絡みつくようにブラインドに倒れこむ。

同じタイミングで、狩屋が横にいたボディガードの足を払って体勢を崩すと、強烈な肘で顎を下から突き上げた。

柾鷹はアタッシュケースを投げると同時にデスクを跳び越え、永原の襟首をつかんで、そのまま揺さぶるようにして壁に頭をたたきつける。

ゴン、ゴン！　と身震いするような音が響き、さらに力をなくした男の顔面に、柾鷹が容赦なく拳をめりこませた。ひしゃげた男の口からか鼻からか、鮮血が溢《あふ》れ出し、鼻骨が折れたのかもしれない。

「柾鷹！　もうよせっ」

その背中に思わず声を上げた遙をちらっと振り返って、柾鷹が血に汚れた手の甲を男のシャツ

にこすりつけると、パッと両手を離した。

男の身体がずるりと床へ崩れ落ちる。

それでもかろうじて拳銃を引っかけていた右手首を、柾鷹が無造作に片足で踏みつけた。

「この汚ねぇ手だったかな？　俺のモンに気安く触ってたのは？　あぁ？」

低く確認しながら、さらにグリグリと踏みにじる。

「——っ…つぁぁ……っ！」

永原が苦痛に顔をゆがめて悲鳴を上げ、たまらず指から拳銃が離れると、柾鷹がそれを狩屋の方に蹴り飛ばした。

「だから言ったろ？　素人の持つもんじゃねぇって。ろくに使えもしねぇんだよ」

低く笑った柾鷹の横顔に、ゾクリ、と遙の背筋が冷たくなる。

物慣れた……、動じることのない対処だ。

これがこの男のいる世界なのだ、と。

脅しと暴力と。駆け引きと。

死が、すぐ側《そば》にある。

これが、自分の今いる世界なのだ……。

柾鷹はゆっくりとアタッシュケースを拾い上げると、もう一人のボディガードの片をつけてスーツを直していた狩屋に手渡した。

狩屋の方も、体格でいえば相手の方がひとまわり大きかったが、体勢を崩した男の首を後ろから的確に絞め、すでに落としていたらしい。……死んでいなければ、だが。

「こんなモンか？」

とりあえず、永原の「社員」で立っている人間はおらず、あたりを見まわして柾鷹が首をひねった。

もう一人いた社員は、永原が殴り倒されるのと同時に悲鳴を上げて、部屋を飛び出している。

あっと思い出して、遙は後ろを振り返った。

「中城、大丈夫か？」

「先生……？」

ソファの陰で身を縮めていた中城が、荒く息を乱したままよろよろと立ち上がる。さすがに顔色は悪かったが、なんとか動けるようだ。

「おい、遙ー。ちっとは俺に構えよー」

そんな様子に、後ろで柾鷹が不満げにうなった。そして向き直った遙に、どこかわくわくした顔で言ってくる。

「なっ。雨ん中、わざわざ迎えに来たダーリンに駆けよってキスくらいしてくれても、文句は言わねぇぞ?」

にやにやと締まりのない顔に、遙はピシャリと言った。

「バカ。おまえが来てどうする? 言っただろ。こんなとこ、あの刑事に見られたら……」

宇崎がいることは伝えていたのだ。

「見てんだろ? すぐそこでな」

無造作に顎を振られ、えっ? と遙は反射的に戸口を振り返る。

と、体裁《ていさい》が悪いような顔で、のっそりと壁際に隠れていたらしい宇崎が姿を見せた。

いったいいつからいたのか……。騒ぎの間、ずっと見ていたのだろうか。

「……やぁ。これはずいぶんとまた、派手にやりましたなぁ」

例によってのんびりとした調子で、宇崎が室内へ入ってくる。そしてふっと、怯えたように立ち尽くしている中城に目をとめた。

「昨日の……」

中城の方も、遙に番号を渡してくれた相手だと覚えているらしい。わずかに目を瞬《またた》く。とはいえ、素性は知らないのか。

「あ、宇崎さん、彼は――」

「先生の教え子なんですな…」

あせって口を開いた遙をさえぎるように、じっと中城を見つめたまま、宇崎がつぶやいた。

そしてそっと目を伏せると、さらりと言った。

「帰んなさい。君がいるところじゃない。二度と、そんな連中には関わらんようにな」

思いがけない言葉に、中城が驚いたように息を呑む。そして、大丈夫か尋ねるようにちらっと遙を眺めてきた。

遙自身もとまどいつつうなずいてやると、すみません…、と小さくつぶやくように言って頭を下げ、逃げるように部屋を出た。バタバタと廊下を走る音が遠ざかる。

ホッ…と遙は内心で息をついた。

宇崎が見逃してくれたのは意外だったが、……あるいは、遙に貸しを作ったつもりなのだろうか？

部屋の中へとゆっくり足を進めてきた宇崎が、床に落ちていた拳銃を見て、おやおや…、ととぼけたようにつぶやき、ポケットから出したハンカチでそれを摘《つま》み上げると、そのままポケットへしまいこんだ。

……証拠隠滅？　横領？　って、いいのか？

遙などは、なかば信じられない、信じたくない思いで驚いてしまうが、さすがに柾鷹たちはつらっとした顔だ。

そして宇崎は、デスクの後ろでうなっていた永原をのぞきこむようにして見下ろす。

「なんだ、てめぇ…」

ようやくよろよろと上体を起こしながら、永原が血まみれの荒い息の下から宇崎をにらんだ。

「なに、通りすがりの刑事ですよ」

ほらね、と宇崎がのんびりと手帳を示すと、さすがに永原の顔色が変わった。視線を落ち着きなく漂わせる。

「ぼ…暴行傷害だろっ！　さっさとそいつらを逮捕しろよ…っ」

それでもあせったようにわめき散らす。

「あなた、取り引きする相手を間違えましたねぇ、永原さん」

しかしそれには取り合わず、宇崎がさも同情するような口ぶりで言った。

「何……？」

「こちら、誰だか知ってますか？　千住《せんじゅ》組の組長さんですよ。朝木さんはそちらの、……まあ、顧問さんですかね」

「な…、せ、千住組……？」

目を見開き、永原が声を失った。ハッと柾鷹を見つめ、あわてて視線を逸《そ》らす。

「まぁ、これに懲《こ》りて今後の商売は考えるんですなぁ。ほら、なにせ朝木さんに手を出したんですから。裏社会じゃ、生きていけないと思いますよ？」

にやっ、とどこか脅すように言うと、ふらりと柾鷹の前に立った。

「どうも。きちんとお目にかかるのは初めてですかね…、千住の組長」

そんな挨拶《あいさつ》に、柾鷹がじっと値踏みするように宇崎を眺める。

「あんたが宇崎さんですか。遙につまらねぇことを吹き込んだっていう」

「いやいや…」

毒のある言葉に、宇崎が愛想笑いで首を掻く。

「まぁ、それも職業上の都合とご理解くださいよ。今日はお近づきの印ということで、アタシも穏便《おんびん》にすませたいですからねぇ」

言いながら、ひょうひょうとした調子で部屋をあとにした。

柾鷹に顎で指示されて、遙も廊下に出る。

何やら下の方が騒がしかったが、……そう、一つ下の階が実質的な仕事場のはずだ。

宇崎の他に警察が来ている様子はなく、他の「社員」と千住の人間がやり合っているのだろうか。

薄暗い廊下でのんびりとエレベーターが上がってくるのを待っていた宇崎と一緒になり、狩屋がボタンを押して一同を先にうながした。

一番奥に遙が、その横に柾鷹が入り、遙の前に宇崎が乗りこんでくる。そして最後に狩屋が入って、扉の正面に立った。

一つ下のフロアでいったん呼ばれてエレベーターが停止したが、千住の組員だったらしく、扉が開いたとたん、目の前の狩屋の姿にだろう、「失礼しましたっ！」と声が飛び、そのまま再び動き始める。

微妙な緊張が漂う中、遙は思い切って口を開いた。

「連中、逮捕しなくていいんですか？」

誰に向かっての問いかは、十分にわかるはずだ。

「ヘタに逮捕なんかすると、おたくが困るんじゃないんですかね？　アレはちょっとやり過ぎでしょう」

正面を向いたまま、相変わらずへらっ、と宇崎が返してくる。

やはり借りを作ったことになるのだろうか…、と遙は小さく唇を噛んだ。

「まぁ、訴えが出れば、永原はそのうち詐欺でパクるかもしれませんがね。……しかし噂通りですなぁ…。朝木さんに手を出すと、千住の組長の逆鱗《げきりん》に触れると」

「そんな噂があるんですか？」

思わず遙は聞き返してしまう。というか、どこで出てるんだ…、とも思うが、ちょっと考えたくない界隈《かいわい》なのだろう。

「朝木さんにちょっかいをかける度胸のあるヤツは、ま、そうはいないでしょう。それか、何も知らないバカかですね…。素人相手の時はちょっと気をつけてもらわないとねぇ…。いつもアタシが真っ先に駆けつけられるわけじゃないですしね」

やはりここはもみ消してやる、と、暗に言いたいのだろうか。つまり、あとで何か要求が来るかもしれない、と。

思わずため息をついた遙は、ちらっと横で素知らぬ顔をしている男を眺めた。

「おまえに逆鱗なんて立派なものがあったのか?」

「あるぞー。ここ、ここ。触ってみろよ」

柾鷹が遙の手をとって、喉仏のあたりを撫でさせる。

「あ、もっとずっと下の、でっかい突起の方かもなー」

にやにやといかにも意味ありげな笑みで言った男の頬を、遙は無言でつねり上げた。

いてて…っ、と柾鷹が低くうめく。

そんないつもの——と言っていいだろう、たわいもないやりとりを、宇崎がものめずらしそうにちらっと肩越しに眺めてくる。

「仲がいいんですなぁ…」

感心したようにつぶやかれ、遙はちょっと咳払いをしてしまう。

柾鷹がつねられた頬を撫でながら、やはりのんびりとした口調で言った。

「俺としてはね…、宇崎さん。何も知らないバカがコイツにちょっかい出すのは仕方がないとしても、知ってて利用するのはもっと不愉快なんですがね？」

口調とは裏腹な切れるような凄みに、ふっと、体温が下がったような気がした。

ぞくっと、一瞬、寒気がする。

――利用……？

ハッと横を見ると、まっすぐな眼差しが宇崎の薄くなった後ろ頭をとらえていた。

「何のことです？」
一、二秒の間があってから、宇崎が振り返った。張りついたような笑顔だが、目は笑っていない。
「あんた、連中を逮捕したくなかったからしなかっただけだろ？　うっかり摘発すると、芋づる式で罪に問わなきゃいけなくなるヤツも出てくるからな。そうなると、あんた自身、ちょっと困ることにもなるだろうしね」

ふっと、宇崎が息を吸いこんだのがわかる。

「何を……言いたいんですかね？」

何気ないようで、強ばった声。

「中城聡司はあんたの息子だろ？　宇崎さん」

淡々と続けられた言葉に、えっ、と遙は目を見開いた。思わず、宇崎の顔を眺めてしまう。

ガタン…、とエレベーターが一階に到着し、開いた扉から狩屋が先に外へ出た。扉の側で、ボタンを押したまま待ってくれる。

「……いや…、あぁ…、それをご存じでしたか。人が悪いですなぁ」

重い足どりでエレベーターを出ながらようやく唇で笑い、宇崎が首のあたりを撫でた。

「息子…？」

柾鷹に続いて遙も降りながら、思わず小さくつぶやく。

「あいつが三つの時に別れたきりですけどね。別れた女房が引き取ったんで。あいつは俺の顔も知らんのですがね…」

ゆっくりと歩きながらつぶやく声が、薄暗い通路に鈍く響く。

つまり中城というのは、別れた奥さんの姓ということだ。

あ…、とようやく遙は気がついた。

では、あの日、遙に声をかけて来た時、もしかすると宇崎は、悪い仲間に入った息子の様子を探っていたのかもしれない。そこにたまたま遙が行き会わせた、ということだ。

玄関口がぼんやりと明るく、あたりでたむろしている人影がいくつか見え始めた。中の一人がこちらに気づいたように、あわてて走ってくる。千住の組員らしい。

先を行く宇崎を横目に、お疲れ様です！　と威勢のいい声を張り上げた。

狩屋が手にしていたアタッシュケースを男に預け、男は中身を知っているのかどうなのか、腕に抱えて先に走り出す。

玄関の自動ドアの手前で立ち止まっていた宇崎を追い越し、柾鷹の体重でドアが開くと、外で待ち構えていた舎弟たちが、お疲れ様ですっ！　とバラバラと挨拶してくる。

ドアを開いたまま、柾鷹がゆっくりと振り返った。

「遙を使って、ガキを抜けさせようとしたんだろ。それでうっかり俺が関わってくりゃ、磯島に持っていけるいいネタができるかもしれねぇってか？　一石二鳥だったわけだ」

「……まぁ、そう言われると身も蓋《ふた》もないですがねぇ」

困ったように、宇崎が視線を漂わせる。

「せこいマネしてんじゃねぇっ！」

瞬間、張り上げた柾鷹の怒号に、遙自身、息が止まった。

シン…、とあたりが静まり返り、降りしきる雨音だけが空気を震わせる。

やがて、淡々とした口調で柾鷹が続けた。

「あんたもよく覚えとくんだな、宇崎さん。俺の逆鱗がどこにあるのかを」

まっすぐににらんで言った柾鷹に、宇崎がわずかに目を伏せる。

そしてため息とともに言った。

「気をつけますよ。逆鱗にも、虎の尾にも近づかないようにね」

知らず立ち尽くしていた遙は、狩屋にうながされ、ようやく思い出したように足を動かした。

「朝木先生」

自動ドアを出たところで、後ろから呼び止められ、ハッと振り返ると、宇崎がまっすぐに向き直ってくる。

「今さらでナンですが…、学生時代から息子が世話になってたみたいで。どうも、ありがとうございました」

身体を折って、丁重に宇崎が頭を下げた。

ありふれた父親の顔だった——。

◇

◇

雑居ビルの玄関先につけられた車のリアシートに柾鷹は先に乗りこんでおり、遙が横に腰を下ろすとパタン、とドアが閉じられた。

そのあとに狩屋が助手席に乗りこんでから、ゆっくりと車が走り出す。

ふと外を見ると、狭い路地をジグザグに縫うように数台の車が路駐していた。

運転手だけが乗っており、そのまわりで傘を差して、数人ずつスーツ姿の男たちが立っている。

ビルの左右や公園の前、通りのあちこち。

地下アイドルのライブや小劇場の公演にしては厳《いか》つい顔立ちが目立ち、いったい何の集会だ？と思うような異様な雰囲気ではある。それこそ警察を呼ばれかねないが、この雨のおかげか、人通りはほとんどなかった。

しかしそれも、この車の前後に続くように次々と撤退を始めたようだ。

「……ったく、帰ったら覚えてろよ。お仕置きだからな、おまえ」

横で腕を組んで、どっしりとシートにふんぞり返っていた柾鷹がむっつりとうなる。

「おまえにお仕置きされる覚えはないな。俺は狩屋に連絡させたんだし？」

とぼけて返すと、さらに柾鷹が口を膨らませた。

「可愛くねー…」

そんな拗《す》ねたような声に、遙はこっそりと笑う。手を伸ばし、イタズラするみたいに人差し指の甲で男の喉元を撫でてやった。見えない鱗《うろこ》のあるあたり。

「逆鱗なんて、カッコイイものがあるとは思えないけどな…。どっちかというと、虎のしっぽの方がカワイイかもな」

龍か虎か、柾鷹が定番のどちらかを背負っていれば決めやすいが、男の背中がきれいなままなのは遙もよく知っている。その手の見栄はないらしい。

だがどちらかと言えば、虎っぽい気がした。というか、ネコ科な感じだ。でかい、なまけものドラ猫。

自分の興味か、よっぽどの必要がある時しか動かない。

しかし、意外と狩りはうまくて。

ふーん？　とまんざらでもない顔で遙を横目にして、ガウッ、と柾鷹が喉でうなり、指先に噛みついてきた。

「おい…っ」

そのまま一気に体重がかけられ、シートになかば押し倒されて、遙はあわてて男の顎を突き放す。

「おまえがじゃれつきたいんなら、俺の大事なしっぽを貸してやってもいいけどなァ…」

鼻先を遙の肩口から耳元にこすりつけ、にやにやとささやくように声を落とす。無遠慮な男の膝頭が、早くも遙の足を割って入った。

「バカ…、車の中だぞっ」

「俺はいつでもどこでも問題ないぞ？」

勝手なことを言いながら、柾鷹が遙のシャツをたくし上げ、脇腹のあたりを直に手のひらでなぞってくる。

「俺はある…っ。——よせって…！」

抵抗をものともせず、柾鷹が遙のベルトを外し、素早くズボンのボタンも外してしまう。

「あっ…」

無造作に中へ手を突っ込まれ、下着の上から軽く中心を握るようにもまれて、たまらず遙は大きく身をよじった。

どくっ…、と身体の奥から熱がこみ上げてくるのがわかる。

反射的に膝を閉じたが、むしろ男の手を挟みこみ、自身に押しつけるばかりだ。カッ…、と頬が熱くなるのを感じ、恥ずかしいあえぎ声がこぼれそうになった唇を必死に嚙む。

そんな遙の様子ににやりと男が笑い、頬ずりするみたいに首筋から顎に唇を這わせた。

その感触だけで、ゾクゾクと肌が震える。

「やめろ…っ、バカ…っ…、――あぁ…っ！」

夢中で髪を引っぱり何とか引き剝《は》がそうとした瞬間、狙い澄ましたようにシャツの上から片方の乳首が甘噛みされ、思わずうわずった声が飛び出してしまう。

狩屋はもちろん、運転手の男にも丸聞こえだろう。

「しょうがねぇなァ…。わかったよ。帰るまでココだけで我慢しといてやるよ」

やれやれ…、といかにも譲歩《じょうほ》するふりで言うと、柾鷹が力の抜けた遙の身体をぐっと抱き起こす。

が、片手はジャケットの中へすべりこんだままで、シャツの上からさっき甘噛みした乳首を指先でなぶり始めた。

濡れたシャツがさらに激しく乳首にこすれ、指で直にされるのとは違うむず痒さに、身体がビクビクと揺れてしまう。さらにもう片方が、やはりシャツ越しにねっとりとなめられ、軽く歯を立てられて、遙はたまらず身をよじった。

身体の中心に、ドクドクと熱がたまり始めるのがわかる。

「やめろって…、言ってるだろ…っ」

必死に引き剝がそうとしたが、手に力が入らない。そして操られるみたいに、浅ましく腰がよじれる。

「えー…。こっちか、それかこっちの方か、どっちか可愛がらせろよ」

片手で中心を探りながら、ねちっこく柾鷹が迫ってくる。

「どっちもダメだ…っ」

「ケチ」

息も荒く、必死にらみつけるようにしてピシャリと言うと、柾鷹が唇を尖らせた。

「そんな意地悪言ってるとなー…、もっと別のトコ、欲しがってるみたいに聞こえるぞぉ？　んん？」

にやにやと勝手なことをほざくと、中心を探っていた指先がさらに奥へと入りこもうとする。

「バカっ！　やめろっ」

たまらず、遙は声を上げた。

「だったらココなー」

勝手に決めると、再び指で乳首をなぶり始めた。

きつく弾き、執拗《しつよう》に転がし、摘み上げていっぱいに引っ張ってから、手荒に押し潰す。

「もう、ぷりぷりだな…、ん…？　すげぇイイ感触だ」

どんなにいじられてもあっという間に硬く立ち上がる小さな芽に、楽しげに柾鷹が耳元でささやく。

遙はきつく唇を噛み、恥ずかしい声がこぼれ落ちないようにするだけで精いっぱいだった。胸への刺激だけで、すでに自分の中心が形を変え始めているのがはっきりとわかる。

「声、出してもいいんだぜ…?」

耳たぶを噛みながら楽しげに言葉を落とされ、遙は必死に首を振った。

その間にももう片方が唇でついばまれ、舌先でなぞられて、シャツ越しのその感触がひどくもどかしい。

「ぁ……ん…っ」

頭の中が白く濁り、次第に何も考えられなくなる。時折痛いくらいきつく摘み上げられ、たまらず高い声が飛び出してしまう。

「……ふ…っ…ぅ……っ」

「遙」

どのくらい続けられたのか、ふいに優しげな声とともに頬が撫でられ、前髪がかき上げられて、唇が重ねられる。

「ん……」

無意識にすがるように男の肩に腕をまわすと、そのまま引き起こされ、さらにキスが深くなって舌が絡んでくる。いやらしく濡れた音が舌先で弾ける。

「ほら…、ついたぞ」

楽しげに続けて言われて、ハッと気がつくと、いつの間にか車は千住の本家にたどり着いていた。しかも遙の暮らしている離れの前につけられ、すでにリアシートのドアも開けられている。

「あ…」

雨に濡れながら、部屋住みの一人が——中を見ないように——傘を片手に直立不動でドアの側で立っており、さすがに遙はカッ…と頬が赤くなる。

「立てるか？」

玄関側だった柾鷹が先に降り、ぬっと中をのぞきこんで、小さく笑いながら尋ねた。

大きく腕を伸ばして、若いのがその背中に差し掛けている傘に、パタパタと雨が落ちる音が大きく耳に響く。

「お手伝いしましょうか？」

わずかに笑みを含んだ狩屋の声が横から届いたが、いーや、と柾鷹が意地を張るように断った。

「大…丈夫だ。立てるから…」

そっと息を押し出すように、ようやく遙は声を出し、ゆっくりと足を伸ばす。

が、ぐずぐずになっていた身体は、立ったとたんに膝が崩れて、柾鷹の腕に倒れこんだ。

「ほら、大丈夫じゃねぇだろ？」

うれしそうににやにやしている顔が憎たらしい。

じろりと男をにらみ上げるが、かまわず柾鷹は遙の身体を引きよせ、支えるようにして家に入った。

「お疲れ様でした」

「っしたっ！」

背中から落ち着いた狩屋の声と、気合いの入った若衆の声がカッ飛んでくる。

しかしもう何も考えられないまま、連れられて遙はよろけるように階段を上がり、柾鷹が寝室のドアを足で蹴り開けて、そのままベッドへ押し倒される。

ようやく状態が安定して、遙もほっと息をついた。

「さー、楽しいお仕置きタイムなっ」

うきうきと言いながら膝でベッドへ這い上がってきた男が、にたにたと遙を見下ろしたまま無造作にスーツを脱ぎ捨て、ネクタイを引き抜いて床へ投げる。

「だから…、なんで俺がお仕置きされなくちゃいけないんだ？」

なかばあきらめつつも、遙は前髪をかき上げながらむっつりと問いただした。

「一人でふらふら危ないとこ、行ったからだろ」

顎を上げて傲然《ごうぜん》と言った男を、遙は下からにらみ上げる。

「だったら、おまえの方こそだろうが」

「俺はどこ行ったって、絶対安全って場所の方が少ないからなー」

柾鷹が自分のベルトを引き抜き、適当に投げ捨てながらあっさりと返してくる。

そんな屁理屈に、遙はさらにムカッとした。

いや、それも問題だが、今回は別の問題もあったはずだ。

「だから宇崎さんがいると言っただろう？　なんでおまえが来るんだ、バカっ。ヘタをすれば懲《ちょう》役《えき》を食らうだろうがっ」

噛みついた遙をじっと見下ろし、柾鷹がふん、と鼻に皺《しわ》をよせた。

そして子供みたいに口をとがらせて、三倍にして言い返してくる。

「バーカ、バーカ、バーカ」

「関係ねーだろ。なんで俺が行かないと思うんだよ、おまえはよ」

バッサリと言われて、遙は一瞬、言葉を失った。

まっすぐに見つめてくる不遜な顔をしばらく無意識に見つめ、ハッと視線を外して、小さく息を吸いこむ。そしてようやく、声を押し出した。

「今日のは…、俺の事情だ。おまえは組を守る立場だろうが。俺のために無茶をするな」

それに、柾鷹が片頬で笑う。

「別に組は俺がいなくてもまわるんだよ。狩屋もいるし、なんなら知紘《ちひろ》もいるからな」

「そういう問題じゃ…」

「おまえは俺に人生賭けたんだろ？　だったら、俺にも守るくらいさせろよ」

さらりと言われた、しかし揺るぎない言葉に、遙は言葉を返すことができなかった。

「柾鷹……」

ただ見つめ返した遙に、男がにやりと笑いかける。

「ほら…、カラダの方もたっぷり満足させてやるから。他のヤツには懐かないようにな…」

あっ、と思った時には、男の手が遙の背中からジャケットを中途半端に引き剝がした。両腕が後ろ手に拘束される形で、そのまま押し倒されるとシャツが首元までたくし上げられる。

「バカ…っ、なに……っ」

あせった遙にかまわず、手慣れた様子で男が遙のズボンを下着ごと引き下ろした。

「おー…、先っちょ、もう濡らしてんのか……」

強引に膝が開かされ、中心をのぞきこむようにして言われて、カッ…と全身が熱くなる。

「バカ…っ、おまえが……っ」

羞恥で頰が熱くなったのを感じながら声を上げた遙に、ハイハイ、と調子よく柾鷹が返してくる。

「ちゃんと可愛がってやるから」

にやにやと遙の全身を眺めまわしてから、唇に、胸に、ゆっくりと優しくキスを落としてくる。

それが妙に恥ずかしく、くすぐったくて。

「だったら…、早くこれを脱がせろよ」

うめくように要求した遙に、あっさりと男が言い放った。

「ダメに決まってんだろ。もうちっと、おまえの焦《じ》れてるカワイイ顔、堪能《たんのう》してからだなー」

「何が……っ、——はぁ…っ…ん…っ」

——堪能だっ。

わめきかけたが、さっきまでシャツ越しにいじられていた乳首が、今度は直に指で摘み上げられ、悲鳴のような声が上がってしまう。

さらにねっとりと舌でなぶられ、唾液をこすりつけられて、指先で遊ぶように押し潰される。

「……んっ…、あぁっ、あ…っ…」

顔を背け、必死に逃れようと身体をよじったが、ジャケットで腕を拘束された身体は無防備に男の目にさらされたままだった。

「さっきは乳首だけでイッちゃいそうになってたもんなー」

いかにもいやらしく言いながら、柾鷹が中心をするりと撫で上げる。

「よせ…っ、——あ…っ」

それがすでに形を変えていることを教えられ、顔が火照《ほて》った。

さらに男の手が緩急《かんきゅう》をつけてしごき上げ、内腿から這わせた舌がいやらしく絡みつく。

「んん…っ、……あっ…あぁ…っ」

男の口の中であやすようにしゃぶられ、甘くせり上がってくる快感にたまらず腰が揺れる。

根元を押さえこまれたまま、先端が集中的になめられ、吸い上げられて、本当にイッてしまいそうになった。

「あぁっ…、もう……柾鷹……っ」

たまらず泣きそうな声が飛び出すと、ようやく男が顔を上げた。

唾液に濡れた口元を拭い、満足そうに遙の頬を撫でる。

「気持ちイイだろ?」

喉で笑うように言われたが、遙は荒い息をこぼすしかない。

柾鷹が遙の両足を抱え上げ、さらに奥へとねっとりした視線を這わせてくる。

「……っ…、やめろっ」

あまりに恥ずかしい格好に、さすがに足をばたつかせたが、やはり手が不自由なままではろくな抵抗もできず、あっさりと淫らな部分が男の目の前であらわになった。

「いや…、いいなー。何べん見ても」

わざと意地悪く言いながら柾鷹が顔を近づけ、根元からさらに奥へと続く溝《みぞ》をチロチロと何往復もしてなめ上げた。

「ふ…っ、あ……」

ぞくっと走った震えに、遙は腰を跳ね上げる。

「おっと…」

それを力で押さえこみ、さらに舌先で執拗《しつよう》になぞり始めた。濡れた舌が唾液を弾く淫らな音が耳に届き、たまらなくなる。それだけで全身が熱く体温を上げてしまう。

「柾鷹…っ、もう…、やめろって……——あぁぁ…っ!」

くすぐるように、いつになくゆっくりと丹念に動く舌が、遙の敏感な肌をなめ上げていく。そしてとうとう奥の窄《すぼ》まりまで行き着いて、ねじこむようになぶられた。

唾液を送りこみながら舌で愛撫され、うごめく襞《ひだ》の一つ一つにいやらしく絡んでいく。

「ふ……あ……あぁ…っ、あ…ん…っ」

ぞくぞくと、何か溢れ出しそうな感覚が腰の奥からせり上がってきて、とてもじっとしていられない。溶け始めた襞が指先で容赦なく押し開かれ、さらに奥まで舌先を差し入れられてたっぷりと味わわれ、どうしようもなく身体がよじれる。

「柾…鷹……っ、柾鷹……っ」

たまらず、ねだるような声がこぼれてしまう。

やわらかな舌の感触だけでは、到底我慢できない。

「どうした？　指の方がいいか？」

にやにやと言いながらいったん身体を離した男が、よいせ、と膝で動いて、サイドテーブルの引き出しから潤滑ゼリーをとり出した。

手のひらにたっぷりと落とし、指に絡めて、再び腰へと押し当ててくる。

「ふ…ぁ……ん…っ、——あぁぁ……っ」

ひやりと一瞬、肌に触れた感触に、思わず高い声がほとばしる。しかしすぐに体温に馴染《なじ》み、男の指が吸いつくように肌に触れてくるのがわかった。

骨っぽい指に溶けきった襞がかきまわされ、ズルリ…、と奥まで差し抜かれて、反射的に大きく身体が反り返す。

ぐちゅぐちゅ…といやらしい音を立てながら、さらに何度も抜き差しされ、指が二本に増えて、中をえぐるようにこすり上げられる。

「ココだろ…？　おまえのイイの」

そして指先で感じる場所を立て続けに突き上げられて、遙は淫らに腰を振り立てていた。

こらえきれずに溢れた蜜が、ポタポタと先端から滴《したた》っている。

「あぁぁ……っ！　――んっ、あ…っ、あぁっ、もう……っ」

さんざんなぶってから指を引き抜き、柾鷹が恥ずかしくあえぐ遙の顔を眺めながら、手荒にシャツを脱ぎ捨てる。そしてズボンのファスナーを下ろすと、遙の顔を挟みこむようにして膝立ちになった。

「ほら…」

目の前に、すでに半勃ちになったモノが見せつけられ、遙は思わず息を呑む。

「あ……」

「嫌か？」

そっと指先で頬を撫でるように聞かれ、遙は荒い息をつきながら目を閉じた。

そして、軽く口を開く。

唇に温かい男の先端が触れ、遙は舌を伸ばしてそのてっぺんを刺激してやる。少しずつ深く、口の中に入ってくる男をさらに奥へとくわえこみ、口の中で舌を絡めてしゃぶり上げる。

「……ん…っ…」

すでに硬くなり始めていたモノが、口の中でさらに張りを持ち、膨らんでくるのが、息苦しいながらもうれしく、……愛おしい。

口でしているだけで、自分の下肢がとろけていくのがわかる。腰の奥がずくずくと疼き、濡れてくるような錯覚を覚えてしまう。

しかしさすがに息苦しくなってあえぐと、柾鷹が身体を離した。

大きく息を吸いこみ、そっと目を開けると、ご褒美《ほうび》のように男の手が遙の頬を撫で、優しく口づけた。ちゅっ…、と軽く、ついばむみたいに。

「いいぜ…」

微笑むように言うと、何か確かめるように喉元から遙の肌を指でたどってくる。

胸から脇腹、腰、そして足へと移ると、グッ…と両膝を抱え上げ、遙の後ろへ自分の男を押し当てた。

「入れるぞ……？」

かすれた声で言われ、遙のそこもすでに淫らに溶けきって、ヒクヒクと隠しようもないほど男を待ちわびているのがわかる。

「早く…っ……」

吐息で答えた瞬間、ぐっ、と深く、大きなモノが身体の芯を貫いた。

「あぁぁぁぁ……っ！」

えぐられる一瞬の痛みに身体が伸び、しかしすぐに太い男をきつく締めつけて、快感を貪って

何度も根元まで突き入れられ、こすり上げられて、全身が焼かれるような熱に浮かされる。溺《おぼ》れるような感覚が体中を覆っていく。

両手でがっちりと腰をつかんだまま激しく揺さぶられ、一番奥を執拗に突き崩されて、こらえようもなく、あっという間に遙は前を弾けさせた。

ほとんど同時に、中が熱く濡らされたのがわかる。

脱力し、おたがいの荒い息遣いだけがしばらく空気を揺らした。

「腕が……痛い」

それでも少し呼吸が落ち着くと、遙は不満を口にした。

「あぁ…、待ってろ」

ふぅ、と大きく息をついて言うと、まだ中へ入れたまま、柾鷹が自分の膝の上に遙の身体を抱き起こした。

「あっ…ん…っ…、……あぁ…っ」

バランスがとれず、身体が傾いで、無意識に中の男を締め上げてしまう。

一度達したはずだが、まだ十分に硬い。

「……っつ…、おいおい…、加減しろよ」

柾鷹が低くうなったが、それは自業自得というものだろう。

「おまえのせいだろ…」

じくじくと気だるい熱が収まらない身体を抑えようと息を殺しながら、遙は言い返した。

遙を自分の身体に寄りかからせるようにして、柾鷹がようやく遙の背中からジャケットを引き剝がした。ついで、しわくちゃになったシャツも脱がされる。

激しく動いたおかげで、遙の前も再び硬くしなり始めている。

やっと自由になった腕を男の首にまわし、遙はがっしりと厚い肩に顔を埋めた。肌に沁みこむ男の体温と匂いに、ほっと長い息をつく。

男の両腕が力強く背中からまわってくるのがわかる。きつく抱きよせられ、さらに熱い身体が密着した。

息が触れるほどの距離で、おたがいにじっと見つめ合う。相手の瞳の奥にある熱を探り合って。

男の手が背筋をたどるようにしてすべり落ち、つながった部分を指先で撫でてから、ぐっと腰をつかんできた。

「あ…っ…」

入ったままの腰が軽く揺すられ、遙はわずかに喉を仰け反らせる。

嚙みつくように喉元にキスが落とされ、さらに汗ばんだ胸が撫でられて、イタズラするみたいに執拗に乳首がいじられた。

しかしそれ以上は動いてくれず、じれったいような甘い疼きが腰の奥にたまってくるのがわかる。早くもしなり始めた前を筋肉質な男の腹にこすりつけ、恥ずかしくにじませた蜜をこぼしてしまう。

「やっぱ、おまえのせいだと思うがなァ…」

にやにやと憎たらしく言いながら、男が遙の濡れた先端をピン、と指で弾く。

「つっ…、あぁぁ……っ」

その刺激の大きさに、遙はたまらず身をよじった。

と同時に、自分の中で男のモノがさらに硬く、大きくなった気がして、知らず頬が熱くなる。

「ほら…、遙」

ずるい男がわくわくと期待するみたいな目で遙を見上げてくる。うながすみたいに下から軽く突き上げられ、どうしようもなく遙は男の肩に爪を立てた。

そっと息を吐き、膝をシーツについてゆっくりと腰を持ち上げる。

「んっ…、あぁ…っ」

ずるり、と後ろをこすり上げる男の大きさと熱に、頭の芯が痺れる。

ぎゅっと固く目を閉じていても、男の満足げな視線が遙の顔を、肌をなめまわしているようでひどく恥ずかしい。

しかし太い男が抜けきってしまう前に、遙は再び男の膝に腰を落とした。

「ふ…ぁ…、あぁ…っ、ん…っ、あ……」

しっかりと奥まで届く馴染んだその感触に、たまらない快感と安堵を覚える。そして、さらなる渇望《かつぼう》と。

「ん…？　気持ちイイだろ…、俺のは」

柾鷹が機嫌のよいネコみたいに喉を鳴らし、耳元でささやいてくる。

片手でもてあそぶように遙の前をいじり、先端からこぼしたものを茎にこすりつけるようにしてさらにしごきあげる。

「あ…っ…、んっ、あぁっ、あぁぁ…っ、いい……っ」

たまらず、男の膝の上で遙は大きく身体を仰け反らせてあえいだ。

じくじくと狂おしい疼きが思考を浸食し、理性も羞恥も剝ぎ取っていく。

男の首に両腕を巻きつけたまま、遙はねだるように腰を押しつけてしまう。

「どうした…？　今日はずいぶんとノリ気だな…」

柾鷹が密やかに笑い、汗ばんだ遙の頬をこするように手のひらで撫でる。そしてさらに伸びた手がうなじのあたりで髪をつかみ、きつく唇が奪われた。

「ん…っ…、んん……っ」

舌が絡み、唾液を分け合って。

「おまえのしっぽに…、じゃれつかせてくれるんだろ…？」

荒い息を整えながら強いて軽く言った遙に、柾鷹がわずかに目を見開いてみせる。

「おお？　下ネタか？」

「バカ」

顎を撫でるようにしてにやにや笑った男をじろりとにらみ、その頬を遙は指先できつく引っ張った。

それに顎を突き出すようにした男が、鼻先を遙の首筋に、そして耳の下に埋めるようにして、唇を這わしてくる。

「覚えてろよ…、遙」

そして耳の中に、かすれた声が落とされた。

「俺はいつでも…、どこにいたって、おまえを迎えに行くからな……」

顔を上げ、まっすぐに遙を見つめる眼差しに、じわりと胸の奥が熱くなる。

——ムダ、なのだろう……。

すとん、とその事実が胸に落ちてくる。

来るなと言っても、……きっと来る。
どんな場所、どんな状況でも。
追いかけてきてくれる。
だから、遙が受け入れるしかなかった。
無意識に指先を伸ばし、男の前髪をくしゃくしゃと撫でてやる。
龍の鱗でも、虎のしっぽでも——この男のそれが自分のためにあるのだとしたら。
何か笑いたいような、泣きたいような気持ちになった。
ふわりと、やわらかく胸が膨らむ。
しょうがないな…、と思った。本当に、どうしようもない。
「来いよ」
静かに笑って、遙は返した。
「迎えに……来させてやる」
だから——他の誰でもない。
この男の腕にだけ、すべてを委《ゆだ》ねることができる。
「こんないいカラダ、手放せねぇからなァ…」
にやりと笑って言うと、柾鷹が試すように腰を揺すってくる。

「……んっ、……あぁぁ……っ！」

遙は夢中で男の肩にしがみつき、熱い吐息を男の肌にこすりつける。

ここが唯一、自分のもどってくる場所だった。

目を閉じて身体を持ち上げ、遙は自分から腰を振り立てた――。

end.

Just another day —ある日の若頭—

狩屋秋俊《かりやあきとし》の日常は、とてつもなくいそがしい。

指定暴力団神代会《かみしろかい》系千住《せんじゅ》組の若頭――という立場であれば当然とも言えるが、あちこちとお座敷がかかる売れっ子芸人並みに、一つの席を温めるヒマもなく飛びまわっている。

全国あちこち、ことによれば海外への出張の他に、本家や組事務所に泊まりこむことも多くて、自宅マンションにいる時間はほとんどない。

自らの組事務所は基本的に腹心の男に任せていて、狩屋は時折、電話で指示を与えるくらいだったが、やはり「本家」である千住組の仕事が多いのだ。

本家の冠婚葬祭など義理事はもちろん、神代会内部での会合だとか、千住が主催の当番に当たった時などは、その手配もある。それ以外でも、本家が関わる仕事の大半は狩屋が仕切ることになるのだ。

それに加えて組長である千住柾鷹《まさたか》の面倒…、もとい、お供《とも》などの仕事もあった。

以前は、組長と本家の子分や舎弟たちとの間に立って、細かい調整（主に組長のワガママに対する）などという仕事もあったのだが、本家に「顧問」である遙《はるか》さんが来てくれて以降、そういう雑事でわずらわされることが少なくなったので、ずいぶんと時間のやりくりが楽になった。

そんな中、この日訪れたのは「ル・ジャルダン・ドール」という店だった。

店というよりは、一見すると普通の住宅で、いや、むしろ「邸宅」と言っていいどっしりとした佇まいだ。

二階建ての、白亜《はくあ》の豪邸。

会員制の高級クラブだった。

表記上は、おそらく「飲食店」で、実際にクラブの扱いなのだろう。あるいはきっちりと、性風俗特殊営業の許可もとっているのだろうか。

酒が出ないこともないが、実際にはほとんど飲食はされないはずだ。

中で楽しまれているのは、主に「プレイ」だったから。

装飾的な鉄門が開かれて、狩屋の乗った車がゆっくりと敷地の中へ入っていく。

運転しているのは、千住の本家で部屋住みをしている祐作《ゆうさく》と呼ばれる若いので、助手席にいるのは狩屋の事務所にいる深津《ふかつ》という男だ。一応、ボディガードという役目になっている。

車が目的地に近づき始めてから、二人は極端に口数が少なくなり――それまではちょっとした軽口やバカ話もしていたのだが――門を入ると、目に見えて横顔が緊張していた。

「……ああ、それでいい。それと、佐竹《さたけ》から連絡がなかったか？　……そうだ、金融関係の調査を頼んでいたんだが。……ああ、急がせてくれ」

そんな様子を横目にしつつ狩屋は通話を終え、携帯をポケットに落とした。

その間にも、車は所定の駐車場へ入っていく。建物の脇へまわったところにあるガレージだ。ファサードの立派な正面入り口ではなく、そこからも中へ入れるようになっている。客たちが使う「表」ではなく、スタッフたちのバックヤードにつながっているので、その方が便利でもあった。

指示されなくてもそこへ向かっているあたりが、祐作も慣れてきたということだろう。……否応なく、だろうが。

車が停止すると、素速く深津が助手席から降りて、ドアを開けてくれる。

おたおたと運転席から降りてきた祐作も連れて、狩屋は勝手知ったる邸内へと案内もなく入っていった。

午後の二時前。

通常、クラブのオープンは午後の七時で、オープン前の今くらいはいつもならもう少し閑散とした雰囲気なのだが、今日はあわただしい空気が漂っていた。

ふだんならば、完全に閉め切っている「表」との間の重厚な扉も開きっぱなしで、スタッフたちが行き来している足音が聞こえてくる。

そんな様子に、若いの二人がさらに落ち着かないようにきょろきょろしていた。

狩屋はまっすぐに奥へ進み、突き当たりの一室をノックすると、中から「どうぞ」と低い声が返る。

無言のままドアを開けると、奥のデスクの前で腰を預け、何か書類をめくっていた男が、ふっと顔を上げる。

そして狩屋を認めて、おう、と笑顔を見せた。

館のオーナーである、北原伊万里《きたはらいまり》だ。

ストライプのスーツ姿で、髪は撫でつけ、口元には短いヒゲと、ダンディな雰囲気がある。

年は狩屋と同じ、三十三歳。

大学時代の同窓だった。まあ、悪友というヤツだろうか。

当時から狩屋の素性を知っていて、今もつきあいが続いている数少ない男である。

もっともつきあいが続いているのは、おたがいの「仕事」での接点があるからかもしれなかったが。

頭はよかったのだが、もともと普通に会社勤めができるような男ではなかった。

いわゆる、変わり者の類だ。

家は資産家らしく、そもそもが不労所得者だったわけだが、大学を卒業後は三十になるまでふらふらと海外を放浪していたらしい。

そしてどこで何に目覚めたのか、帰ってくるなり持ち家であったこの館を改装し、祐作が言うところの「SMの館」をオープンさせたのである。

もっとも伊万里本人に言わせると、

「SMクラブなんて、俗っぽい呼び方はしてほしくないね」

らしいが。

「生と死の狭間《はざま》にある、芸術の一種だよ。プレイ自体が完成されたアートであるべきだ」

という主張だが、狩屋としては、正直、何でもいい。商売になりさえすれば。

ただ、実際に顧客には高名な画家や彫刻家、イラストレーター、それにミュージシャンなどといった芸術畑の人間も多いようだった。もともと客筋はよく、顧客名簿には他にも大企業の社長や重役、医者や弁護士、それに政治家、官僚などが名を連ねている。

そもそも伊万里がいう「芸術」を体現するには、相当な金がかかる。

いくら伊万里の趣味の店とはいえ、初期の設備投資や、維持するにはそれなりの資金が必要で、勢いそれなりの入会費や年会費が支払える客層に限られるわけだ。

確か、一流ゴルフクラブの会員権並みの会費がかかっていたと思う。

その理念に合わせて、「キャスト」である「女王様」たちも伊万里独特の美意識で洗練されており、客にも相応のマナーが求められていた。

とはいえ、当人にその趣味があるかといえば、そうでもないようだ。

ただ「見ているとゾクゾクする」らしく、要するに「見るのが好き」という、そっちの意味でのヘンタイとは言えるのかもしれない。もっとやわらかく言っても、立派に「フェチ」である。

狩屋の場合、友人のよしみで、というのか、時折客を斡旋《あっせん》したり、仕事で利用させてもらったり、といった感じだった。

今日はこのクラブで、年に数回ある特別なパーティーが行われることになっており、フロアではその準備に追われていた。

狩屋が出席するわけではもちろんないが、いわゆる「顧客」の一人を案内してくることになっていた。

いわば体験入会のような形で、気に入ればその場で契約していく可能性もある。

伊万里にすれば入会金が入るし、狩屋にしても相手とのつながりが一段と強固なものになる。なにしろ、人には知られたくないこういう「趣味」を共有——は、本当はしていないのだが、相手が誤解している分にはそのままにしていた。

今日はそのパーティーで人手が足りないということで、自分の打ち合わせも兼ねて、祐作たちを連れてきている。

この二人にしたのは、以前に何度かこの館に来たことがあり、少しばかり馴染《なじ》みがあったからだ。……本人たちは、あまり馴染みたくはないようだったが。

そういう意味では、きわめてストレートな二人だ。

なにしろこういう特殊な場所なので、お使いや何かの軽い用があった場合など、狩屋としてもわかっている人間を使うことが多い。それが積み重なって、ますます慣れていく人間は慣れていき、縁がない人間は縁のないまま、ということになる。

ある意味、気の毒だが、はじめに当たった不運を嘆くしかない。

「悪かったな、急に呼び出して」

伊万里が手にしていた書類をデスクに投げ、やれやれ…というようにうなじのあたりを掻く。

「予定していたスタッフが何人か、急に風邪をこじらせたみたいでな。会場でスタッフがゴホゴホ言ってたら、パーティーも興ざめだろ？　客やキャストに移されても困る」

このクラブでは、接客係——いわゆる女王様やご主人様たちは「キャスト」、それ以外の従業員は「スタッフ」と呼ばれている。

そんな言い訳に、狩屋は軽くうなずいた。

「そうは言っても素人《しろうと》だ。戦力になるかはわからないが」

そして軽く、祐作と深津の方に顎《あご》を振ると、二人がビクッ、と姿勢を正した。

一応、二人には、今日はここを手伝うように、という話はしてある。もちろん、ご主人様や奴隷という立場ではなく、単なる従業員として、だが。

「そうだな。まあ、主に裏方をしてもらうつもりだ」

伊万里が二人に向き直り、品定めするようにジロジロと眺めた。

「今ひとつ垢抜《あかぬ》けない感じだが…、まあ、仕方がない。とりあえず、パーティーの会場準備を手伝ってくれ。そっちも手が足りてない」

あっさりと評価がくだされ、続けてテキパキと言った言葉に、二人がはい、と返事をした。

「パーティーなんてやるんですね…。なんか、そういう人たちって引きこもりっぽいていうか、こっそりやるもんだと思ってました」

と、深津がどこか困惑したように頭を掻きながら、ボソボソと言った。

「そのための仮面だろ？　それに案外、自分たちのプレイを見せたがるヤツは多い。きっちりと匿名《とくめい》でできるんなら、喜んで参加するさ」

この館では、客は基本的に仮面をつけることになっている。

マイペースな深津の言葉に、伊万里が穏やかに説明し、へー、と横で祐作が興味津々な顔でうなった。

関わりたくはないが、のぞき見はしたい、という好奇心はあるらしい。

「とにかく、今日一日は伊万里の指示に従え」

ぴしりと言った狩屋に、二人が「はいっ」と、例によって威勢よく応える。

「何、やらせてもいいのか？」

そんな二人にふと顎を撫で、にやりと、何か企《たくら》んでいるような目つきで伊万里が尋ねてくる。

深津と祐作が、ヒッ！　と身を縮めた気配が伝わってきたが、狩屋はさらりと答えた。

「ああ。好きにしろ」

「いっ⁉」

祐作の、悲鳴が喉につっかかったような声が響く。

「じゃ、おまえら、今日は俺がご主人様な。俺の言うことには絶対服従だぞ」

伊万里が楽しげに言いながら、何気ないように手を伸ばして、デスクの片端に置いてあった鞭《むち》を手にとると、ピシリ、と手の平で打ち鳴らした。

「は…はいぃっ！」

頬を引きつらせた悲壮な顔つきで、二人が声をそろえて返事をした。

そして伊万里がスタッフの一人を呼び、二人をフロアに連れて行った。

ビクビクと、それこそドナドナされる仔牛のように、二人が引き連れられていく。

「さてと、ビジネスの話をしようか」

二人になってから、伊万里が隅の応接セットに狩屋をうながした。

「どういう男だって？」

ソファに腰を下ろしながら、伊万里が確認してくる。

「製薬会社の重役だ。かなり社長のポストが近い。現会長の娘婿で、会長の長男とポストを争うことになるんだろうが、この男の方が本命だ。かなりのやり手だからな。長男はボンクラだが」

「それだけに背負っているものも、たまっているものも多いというわけだな」

ふむ、と軽くうなずいて、伊万里が重要なポイントを尋ねてきた。

「どっちが希望なんだ？」

「M気質のようだな」

「ああ…、そりゃそうか。おまえに引っかかるようなヤツはたいていMだ」

にやにやと指摘されて、狩屋は受け流すように肩をすくめる。

そもそも責任の大きい男ほど、Mの気質が強い傾向にある。部下たちに対しては自分が命令する立場であるだけに、思いきりなじられたい、罵倒《ばとう》されたい、命令されたい、という欲求があるようだ。

「おまえの素性は知らないのか？」

「ああ」

「つまり、知った時にはもう抜け出せない状態にすればいいんだな？」

にやっと笑って聞かれ、その通りだ、と淡々と返す。

わかった時には、こちらの言いなりになるしかないように。

「ゲストとはパーティーの途中から入るようにする。はじめからだと、居場所がないだろうからな。そうだな…、九時頃だとちょうどいいか？」

ちらっと腕時計で時間を確認してから、狩屋は聞いた。

「ああ。着いたら、いったん連絡をくれ。玄関までスタッフを迎えに出す。仮面もその時にな。必要なら、衣装は貸し出しする」

わかった、と狩屋は了承した。

「今日中に一発サインで入会してもらえるとありがたいがな」

そんな期待にほくそ笑みながら顎を撫でる男に、狩屋は思い出したように尋ねた。

「今、いくらだった？　入会金は」

それに、伊万里が指を一本立ててみせる。

百万ではない。一千万――だ。

「年会費が五百万。娘婿って言ってたな…。一括で払えるのか？」

そしてちょっと眉をよせて確認した。

「それは問題ない。実績は出している男だ。もともと仕事ぶりを認められて娘婿に引き立てられた。会長にも気に入られているし、個人資産は十分にある」

いわば政略結婚で、妻との間におたがい、愛情など初めからないのだろう。

「ま、贅沢《ぜいたく》な愛人を囲うよりは、結局、安上がりになると思うけどね」

それに伊万里が人の悪い笑みを浮かべた。

そのあと、少しばかり雑談をしてから、狩屋はいったん他へまわった。

運転手を手伝いにとられたので、めずらしくタクシーを使う。

本家に立ち寄り、一度事務所へ帰ってから、いくつか仕事をこなし、約束の時間、狩屋は黒塗りの高級車で客を迎えにいった。

そわそわと待っていた相手は、いかにも高そうなスーツ姿で、理知的なメガネの男だった。

「ああ…、時間通りですね、狩屋さん」

小さくうなずいて、男がリアシートの狩屋の隣に乗りこんでくる。

立ち居振る舞いにしても、言動にしても、ふだんは人に命令し慣れている男のものだ。

これで真性のMとは、見かけではわからない。何かのスイッチが入ると豹変《ひょうへん》するのだろうか。

「園田《そのだ》さん、今日はお時間をいただきましてありがとうございました」

狩屋も丁寧に応える。

「いえ、こちらこそ。期待と不安が半分ずつというところですが…、今日はじっくり拝見させていただきますよ」

淡々と男が言った。

自分の支払うべき対価に見合ったサービスなのか。そのあたりを慎重に見極める、ということだろう。

さすがにどんな場面でも、やり手のビジネスマンである。

打ち合わせ通り、門を入る手前で伊万里に連絡を入れる。

すると、正面玄関まで伊万里自身が迎えに来ていた。

「オーナーの北原です」

と、にこやかに挨拶《あいさつ》を交わし、これを、と仮面が渡された。

アイマスク、と言った方がいいのだろうか。顔の上半分を覆う形で、やはり黒が基調だが、ちょっとした羽根飾りなどがついている、いくぶん大ぶりなものだ。

輪郭《りんかく》を隠すという意味でも、素性を知れないようにしているのだろう。

狩屋も同じものを手渡され、それをつけて邸内に足を踏み入れ、案内されるままサロンと呼ばれる部屋へ入った。

一階には中庭を囲むように四つのサロンがあり、それぞれに異国情緒のある造りになっている。一つ一つがかなり広めのリビングのような感じで、どこも間接照明だけのぼんやりとした明かりだ。

そして、その中で行われているのは。

調教だった。

絨毯《じゅうたん》の上で、ソファの上で、もちろん中庭の芝生の上でも、四方が素通しの東屋《あずまや》の中でも、女王様やご主人様がそれぞれの奴隷に「躾《しつ》け」を与えている。

奴隷たちの全員に首輪がつけられ、身につけているのはハーネスとリードだけだ。中には耳つきのカチューシャなどをつけられている奴隷もいるが。

サロンの中では、男女のあえぎ声と、泣き声。ご主人様たちのきつい躾の声、罵倒や、時折ご褒美を与える甘い声、そして鞭やバイブの音が入り乱れている。

「パーティーのコンセプトはご主人様たちのペット自慢というところでしょうか」

伊万里が穏やかに説明する。

なるほど、ご主人様同士が罵《のの》り合って、おたがいの奴隷を競わせているサロンもあった。どちらの奴隷もご主人様に恥をかかせないように、必死になるわけだ。

どちらが「立派な奴隷」か。

……どのあたりが評価の基準になるのか、正直なところ狩屋にはよくわからなかったのだが。

もっともご主人様同士の諍《いさか》いも、結局は奴隷＝客のスパイスでしかないわけだから、結果や評価はあまり関係ないのかもしれない。それで性的に興奮すればいいだけだ。

「別世界だな…」

感動したように園田がつぶやく。

なるほど、伊万里のこだわる道具立ては、こういう人間には相当アピールするらしい。

「今日はパーティーですから、キャストはそれぞれの衣装を身につけていますが、定期的に調教披露は行われているんですよ」

ゆっくりとサロンの中——つまり調教中の男女の間を通りながら、伊万里が説明を続ける。

「調教披露…？」

「まあ、公開調教のようなものでしょうか。続けて出ていれば、奴隷の習熟度がわかるんですよ。もちろん義務ではありませんから、お好きな方だけということですが」

「公開調教…」

それに園田がかすれた声でつぶやく。どこか夢見るような様子だ。

そして時間をかけて四つのサロンを抜け、渡り廊下を通ってさらに奥のエリアへと進んでいく。

「こちらはご主人様がお客様の方のエリアです。どちらかといえば、Mをご希望のお客様が多いものですから、少数派にはなりますが。……一応、ご覧になりますか？」

伊万里が尋ねた。

園田の属性はMだから、本来は必要ないところなのだろうが、今日は体験入会なので、一通り見せてもいいということらしい。

「客同士をマッチングさせることもあるのかな？」

それにわずかに首をかしげて、園田が質問してきた。

「いえ、それはありません。必ず片方は館のキャストが務めます。プレイはスポーツと同じですからね。やり方をあやまれば事故が起こらないという保証はありません。お相手は専門の知識を持った人間だけです」

その応えに、園田が大きくうなずく。

安心したのだろう。伊万里のもくろみ通り、この場で契約になる可能性もある。

ちらっと仮面越しに伊万里が視線をよこし、いけそうだ、と合図してくる。

「あっ、オーナー！」

と、そのエリアの入り口となる大きな扉を開けたところで、黒服の男があわてたように飛び出してきた。

深津だ。館の中では「スタッフ」だけが仮面をつけていない。

間接照明のみの薄暗い中で、少し後ろにいた狩屋には気がつかなかったらしい。仮面もつけているので、スーツ姿だけでは判断できなかったのだろう。

「どうした？　お客様の前だよ」

決して声を荒げることはなかったが、少しばかり冷たい口調で伊万里が問いただす。

「す、すみません…っ。あの、祐作さんが……ご主人様たちにつかまってしまって。その、調教するって……」

あせりまくっているらしく、しどろもどろに深津が説明したところでは、どうやら注文の酒を運んで来た祐作がご主人様たちにからかわれ、そのまま引きずり込まれて、調教されそうになっている——、ということらしい。

正規のスタッフならば、そんな困ったご主人様の扱いにも慣れているのだろうが、どうやら素人《しろうと》の祐作ではうまくかわせなかったようだ。

なるほど、奥の方からはにぎやかな笑い声や、煽《あお》るような声、そしてそれに紛れて祐作の悲鳴も聞こえてくる。

伊万里が苦笑するように言った。

「お客様がご主人様の場合、どうしてもハメを外されることがあるようですね。特にこんなパーティーの場だと」

ワガママな客が王様だと、手がつけられなくなる、ということだ。M奴隷であれば、女王様にたしなめられればおとなしくなるわけだが。

余裕のある様子ではあったが、内心では舌打ちしているところだろう。どうにかしろ、とその目がきつくにらんでくる。おまえの責任だろ、と。

狩屋は短くため息をついた。

「仕方がないな…」

小さくつぶやくと、狩屋は先に立って奥の部屋へと向かった。

と、戸口に立ったところで、部屋の中心にあるソファの隅で情けなく縮み上がっている祐作の姿が目に入る。四、五人のタキシード姿で、やはり仮面をつけた「ご主人様」に取り囲まれ、なかば服も脱がされていた。

「あのっ、あの…っ、違うんですっ、俺、Mじゃないんですっっ」

泣きそうになりながら、必死に祐作が訴えているが、ご主人様たちは取り囲むようにして楽しげに見つめている。

「最初はみんな、そう言うんだよな」

「そうそう。でも最後にはケツを振って、ココに欲しいです、って頼んでくる」

楽しげに、口々に言いながら、手にした鞭の先で祐作の顎を撫でている。

やれやれ…、と思いながら、狩屋はその一団に向かってまっすぐに近づいていった。

「おい、貴様ら。人の奴隷に手を出さないでもらおうか」

淡々とした、しかしどこか殺気をにじませた狩屋の鋭い声に、ハッと男たちが振り返った。

「あんたの…？」

「そうだ。人のモノに無断で手を出すとは、どうやらおまえたちにはご主人様としての礼儀ができていないようだな。何なら俺が、一から躾け直してやろうか？」

特に感情も交えない低い声で恫喝《どうかつ》をかける。

そしてただまっすぐに立ち、男たちを見据えるだけだったが、男たちがそわそわとおたがいの顔を見比べた。

「い、いや…、申し訳ない。誰かの奴隷とは思わなかったんでね」

「ちょっとからかっていただけですよ」

口々に言うと、体裁《ていさい》が悪いように背中を向けて、「ほら、来いよっ」といらだたしく首輪をつけた自分たちの奴隷を呼び、急いでサロンを離れていく。

「さすがですね、狩屋さん…」

その様子を見ていた園田が、感心したようにつぶやいた。

「彼はこの館のキングといっても過言ではありませんからね」

横から伊万里が調子のいいことを言う。……まったくの過言だが。

そもそも、伊万里のこの商売の内容に関わる気はない。

「まあ、今では彼が自分の手で奴隷を調教することはめったにないのですが」

いかにももったいぶった口調。

「ゾクゾクしました。背中にビビッときたというのは、こういうことでしょうね」

園田が鼻を膨《ふく》らませ、じっと潤んだ目で狩屋を見上げている。

「狩屋さん…！　いつかあなたに調教してもらえるのにふさわしい奴隷になれるよう、私も努力しますよっ」

顔を紅潮させて宣言する。

どうやら、園田の入会は決まったようだった。

伊万里がこっそりと親指を立ててみせる。

その横を、深津があわてて祐作のもとへ走っていた——。

end.

visitors from N.Y. ―来日―

「わざわざこんなところまで悪かったなぁ、ハル」

「会えてよかったよ。元気でな」

「ああ。また向こうに来たら知らせてくれ」

学生時代みたいに軽くハグするようにして肩をたたき、笑顔でゲートに入っていく背中を見送る。その姿が消える間際、振り返って手を上げたのに、遙《はるか》も手をふり返した。

大学時代、遙がアメリカに留学していた頃の友人だ。トランジットで日本へ立ち寄るという連絡をもらい、ほんの数時間だったが成田《なりた》空港で落ち合って、旧交を温めたのである。

トレーダーではなかったが金融関係の仕事をしており、ちらっと情報交換などもして。

何ということはない、単なる友人との別れのシーンだったが、それでもあの男に――柾鷹《まさたか》に見られたら、またゴチャゴチャと因縁をつけられるのだろうか。

そんなことを想像して、ちらっと口元で笑う。

面倒な男だが、そういう嫉妬もちょっとカワイイ。……気もする。

日本ではまともな友人関係を継続させるのがいささか困難になっている現状で、しがらみのない海外の友人との交流はやはりホッとする。

さて、帰るか――、と思ったが、その前にコーヒーを一杯飲んでいこうと、案内板で近くのカフェを確認した。

出発ロビーと同じ階に一つあり、トールサイズを一つ買ってカウンターの隅に腰を下ろす。

全国、というより全世界のどこへ行っても見かけるカフェだが、空港だと少し空気が違うような気がした。やはり客層だろうか。いろんな人種と言語が入り乱れている。店員がとっているオーダーも、なかば英語だ。

コーヒーをすすりながら、遙はしばらくぼんやりとロビーを行く人々の姿を眺めた。

スーツ姿のビジネスマンや、小さな子供を連れた家族連れ。新婚旅行らしい若夫婦や、学生っぽい恋人同士。

国際空港は広い世界へと羽ばたく玄関口だけに、その空気感だけで心が浮き立った。

このまま日本を捨てて、自由に飛び出したい衝動に駆られる。

……とはいえ、本当にやってしまうと涙目になっている男の顔が想像できるので、実行に移すつもりはなかったが。

いや、結局、逃げられないのは自分なのだ。

めんどくさく、うっとうしく、自分勝手な男なのに、それでも離れられない。どれだけ逃げても忘れられない。忘れさせてくれない。

何かが足りなくて、恋しくて…、もどってきてしまう。

そのおかげでどれだけ自分の自由が——未来が制限されたとしても。

それ以上に、与えられるものが多いからだろうか。

何をもらっているという気もしなかったが……、多分、毎日のスリルとか、予測のできない未来とか。普通の人生では関わることなどないような人間との出会い。

そしてあの男の言うところの、「溢れんばかりの愛」以外には。

とりあえず今のところは、国際空港から海外へ逃避行をするつもりはなかったが、まあでも、たまに、数週間とか、二、三カ月とかならリフレッシュになっていいよな…、というのは本気で思う。

今日、自分が成田へ来ることは、柾鷹には伝えていなかった。

言えば絶対、二、三人くらいがっつりと見張りをつけられそうだったからだ。なにしろ逃亡の前科がある遙である。

せめて空港で土産でも買っていってやるかな…、と、そんなことを考えていると、ぼんやりとした視界の中にふいに一人の男が飛びこんできた。

見覚えのある顔に、えっ？　とあせる。

少し背筋を伸ばしてあらためて確かめると、やはり千住《せんじゅ》の本家で部屋住みをしている若者だった。なんやかやと日常生活でも世話になっているので間違いない。

本家にいる時はたいていラフなジャージ姿だったが、今はピシッとした——というほどでもない安物のスーツ姿だったので、ちょっと見違える。

彼はレジに立つと、慌ただしくコーヒーを注文していた。

まさか、遙の行き先を察した柾鷹が本当に見張りをつけてたんじゃないだろうな…、と思ったが、彼の方は遙がいることに気づいていないようだった。

そわそわと注文したコーヒーができあがるのを待ち、出されたとたんにカップを握って、両手でしっかりと持って外へ出る。

あれ…、ひょっとして柾鷹が来てるのか？　柾鷹に言われて、コーヒーを買いに来たんだろうか？

だとすると偶然に少しばかり驚き、何となく遙も半分ばかり残っていた自分のカップを手にして、彼のあとを追った。

馴染みのない場所にちょっと迷うようにきょろきょろしながらも、彼は一階の到着ロビーまで下りていく。

小走りに進む方向には、サングラスをかけたダークスーツの男が一人。そしてその男を囲むように三、四人、やはりスーツ姿の男たちが立っていた。

みんなそこそこ体格がよく、強面で、どこか人を寄せつけないような迫力がある。通りかかる客たちは、気づいたとたんハッとしたように一瞬硬直して、そしてちらちらとそちらを横目にあわてて離れている。

明らかにそこだけ、空気が違っていた。

とはいえ、遙には馴染んだ感覚である。

若い男は緊張した面持ちでまっすぐにそちらへ進み、サングラスの男に捧げ持つようにしてカップを差し出した。

横にいた男の一人が、「おせぇよっ」とケリを入れる素振りで怒鳴りつけたが、出された男は一つうなずいただけでそれを受け取り、ぐっと大きくコーヒーを飲み下す。

そしていったん持ち直した時、ふと動きを止めて、手にしていたカップをスッ…、と横へ動かした。若い男があわててそのカップを預かる。

男がするりと空いた手でサングラスをとると、まともに遙と目が合っていた。

「遙さん」

ポケットにサングラスを落としこんでから、穏やかな笑みを見せる。

「今日、こちらにいらしているとは知りませんでした」

狩屋《かりや》だった。千住組若頭である、狩屋秋俊《あきとし》。

遙とは中学、高校の同級生であり、今は……なんだろう？　自分と狩屋との関係を、どう表せば一番正確なのかがわからない。

柾鷹であれば、まあ、恋人なり、愛人なりと言ってもいいのだろうが――そう言われて、遙としても開き直ることはできるのだが。

狩屋の場合は、やはり、友人というしかないのだろう。

何にしても、間に柾鷹を挟まなければ成立しない、不思議な関係ではある。

「えっ？　あっ、……えっ？」

その肩越しに発せられた狩屋の呼びかけに、コーヒーを運んできた若者がバッと振り返り、遙と狩屋とを何度も比べて驚愕に顎を外しそうになっている。

「ごめん。そんなに驚かすつもりはなかったんだけど」

まわりにいた他の千住の子分たちも、ようやく遙に気づいたらしく、背筋を伸ばしていっせいに「お疲れ様ですっ！」と頭を下げてきた。

いささかまわりの目を気にしつつ、遙は狩屋に近づいていく。

「アメリカの友達がここでトランジットだったんで、ちょっと会ってたんだよ」

「そうですか。……よかったです」

さらりと言ったその言葉は、「また逃亡ではなくて」と頭につくわけだ。

二年前だった。あの時は狩屋も振りまわされて大変だったはずだ。

遙に、ではなく、柾鷹に、だが。

「柾鷹も一緒?」

ちらっとあたりを見まわして尋ねた遙に、いえ、と狩屋が首を振る。

「私だけですよ。今日は客人を出迎えにきたんです」

「へえ…、海外の」

客人というと、もちろん千住の、だろう。ヤクザの海外の客というのがどういう相手なのか、ちょっと興味はある。あるいはヤクザではなく、表向きのビジネス方面での客だろうか。

……いや、組関係のことを深く尋ねるつもりはなかったが。

と、その時だった。

「——カリヤ!」

税関を抜けてちらほらとロビーへ姿を見せていた客の中から、一人の男がパッとこちらを見つけた瞬間、伸び上がるように大きく手を上げた。

細身でいくぶん長めの黒髪が白い肌に映えてぞくりとするような色気がある。すっきりと彫りが深く、しかしどこかエキゾティックな雰囲気もあって。

二十歳前後というところだろうか。グレーのTシャツとジップパンツ、上に白の七分のシャツを羽織っている。まくった袖裏の赤が鮮やかな差し色になっていて、嫌みなくオシャレだった。

そして胸元にはシルバーのリングネックレス。

この子が千住の客――？

ずいぶん若いな…、と意外に思った瞬間、彼が大きな笑顔で、狩屋に身体ごとぶつかるような勢いのまま抱きついた。

空港らしく、というべきだろうか。熱烈な再会の場面だが、しかし狩屋相手に、というのがさすがに驚かされる。

組員たちも大きく目を見開き、ポカンとその様子を眺めていた。

いや、本来なら、若頭のボディガードも兼ねているはずで、そんなに簡単に見知らぬ人間を接近させていいはずはないのだろうが。

「ひさしぶり、カリヤ。また会えてうれしいっ」

青年が声を弾ませる。両腕を狩屋の肩に預け、頬にキスするようにして身体をすり寄せる。

ずいぶんと親密な間柄のようだ。

正直、意外だった。やはり狩屋には硬派なイメージがあったから。

「お元気そうだですね、レオ。少し大人っぽくなったようだ」

さりげなくその細い身体を引き離すようにしながら、狩屋が落ち着いて挨拶する。

「前は俺、そんなに子供だった？」

軽く首をかしげ、どこか意味ありげにレオと呼ばれた青年が尋ねている。コケティッシュな雰囲気。

「そうですね…、思い通りにならなくて、どうしたらいいのかわからなくて、破れかぶれになっていた子供だったかな」

さらりと返した狩屋に、相手が楽しげに喉で笑う。

「ま、カリヤが俺をオトナにしてくれたんだしね」

耳元でこそっとささやくように言った言葉に、遙は、えっ？　と目を見開いた。聞いてはいけないことを聞いたようで、ちょっとあせる。

いや、本当にそういう意味……なのか？

英語での会話だったので、まわりの組員たちには通じていなかっただろう。ただ二人のひどく濃密な空気、と、その距離感に困惑しているだけだ。

遙には理解できたと察しているのだろう。目が合って、狩屋が苦笑した。

「ディノ」

そして、わずかに視線を上げて狩屋が短く呼ぶ。

それでようやく、遙もレオに連れがいたことに気づいた。

長身で体格のいいスーツ姿の男だ。短めの黒髪で、厳しい表情。怒っているというよりも、それが普通のようだ。しかしそれだけに、かなりの迫力がある。

「長旅、お疲れ様でした」

ことさらレオの身体をその男の方へ押しもどすようにしながら、狩屋が穏やかに挨拶する。

「わざわざ迎えを申し訳ない」

それに相手の方も静かに返しながら右手を差し出し、しっかりと握手を交わす。

何気に、男の狩屋を見る目が鋭い。敵意とは違うが、少しばかり感情を抑えるような。

口元に小さな笑みを浮かべたままそんな二人の様子を眺めていたレオが、何気なくまわりを見まわし、ちらりと千住の組員たちを確認したあと、ふと遙に視線をとめる。

そしてパチパチと目を瞬かせた。

「え、もしかして、狩屋の恋人？」

やはり他の組員とは明らかに違う雰囲気なのだろう。スーツでもなかったし、良くも悪くも玄《くろ》人《うと》ではないというのが、一目瞭然なのか。

「違いますよ」

向き直って狩屋が苦笑した。

ずいぶんと明け透けに聞いてくるところをみると、やはりそっちの…、プライベートでも親しい空気感がある。

しかし組員でも恋人関係でもなければ、ここに同席している意味がわからず、やはり気になるようだ。

「紹介してくれないの?」

無邪気なふりで青年がねだっている。

「そうですね…。よろしいですか?」

狩屋が日本語で確認してきた。

その問いは、千住の人間として紹介していいのか、ということなのだろう。

表向きのビジネス関係でごまかすつもりなら、遙の意向を聞く必要もなく、はじめからそうしているはずだ。

「えーと…、俺はいいけど。その…、関係者?」

ええ、と狩屋がうなずく。

ということは、海外の提携組織、という感じなのだろうか。最近のヤクザはグローバルになったものだ。ちょっと感心する。

狩屋が英語に切り替えた。

「朝木《あさぎ》遙さんです。千住の…、アドバイザーという立場の方ですよ。今は本家においでです。空港には偶然、他の用でいらしていたんですが」

ずいぶんと曖昧な紹介だが、こんな場所でくわしく語るようなことでもない。

そして遙に相手を紹介してくれる。

「本家の客人です。彼は、レオナルド・ベルティーニ」

よろしく、と青年がにっこり微笑んで手を差し出す。

「ファミリーのアドバイザー？」

やはり遙の立場がよくわからなかったようで、レオナルドが確認してきた。

「いいえ、その…、仕事関係ではないのですが。狩屋や柾鷹…、千住とは学生時代からの付き合いなんです」

そんな説明に、ふうん…、と興味深そうにうなずく。

「そしてこちらが、ディノ……、――失礼、そういえば、フルネームをうかがったことがなかった」

狩屋が自分でもようやくそれに気づいたように、もう一人の男の顔を見た。

「ディノ・アンジェロと言います」

低い声で答えた男と、よろしく、と遙は同様に握手を交わす。皮膚の硬い大きな手。やはりちょっとたじろいでしまうほどの迫力だ。

レオのお目付役、もしくはボディガードという感じだろうか。年は自分と同じくらいか、少し上かもしれない。

遙は会話をつなげるように、何気なく尋ねた。

「イタリアの方ですか？」

顔立ちや名前からしても、そちらの系統だ。とりわけ、ディノの方は見るからに。

マフィアの本場。コーザ・ノストラか、カモッラか。

思わず頭の中で想像してしまう。

「ニューヨークからの客人ですよ」

狩屋が代わりに答え、ああ、と遙もうなずいた。

イタリア系移民のギャング。ゴッド・ファーザーの世界だ。

……自分が日本のヤクザの中に身を置いていても、妙に実感がない。

「ともかく、車へどうぞ。先にホテルへ行きますか？」

尋ねた狩屋に、レオナルドが首を振った。

「いや、まず狩屋のボスに挨拶させてもらわないと。礼儀でしょ？」

微笑んで言ったそんな言葉に、わかりました、と狩屋がうなずく。

「あ、じゃあ、またあとで。……お目にかかれてよかったです」

あわてて狩屋に言い、客人たちに挨拶した遙に、レオナルドが目を瞬かせた。

「朝木さんはまだ空港に用があるの？　帰るところなら、一緒に行けないのかな？　本家にいるんでしょう？」

いかにも自然に、そんな提案をしてくる。

やはり、ヤクザとは明らかに色が違う遙に興味がある、ということかもしれない。

千住のアドバイザーというのがどういう役割なのか、というのが知りたいのかもしれないし（実際には、ナマケモノで手間のかかる組長の世話係という程度なのだが）、どの程度のポジションなのかというのを計りかねているのかもしれない。

「ええと…、どうだろう？」

判断がつかず、遙はちらっと狩屋を見て日本語で尋ねる。

遙としては特に問題はないのだが、千住の方であまり関わらせたくない、ということはあるのかもしれない。

「遙さんの方でお気になさらなければ、大丈夫だと思いますが。他に足がおありでなければ、ご一緒されますか？　客人も話し相手が増えるのはうれしいでしょう」

確かに千住の本家へ行くのなら、狩屋の他にどれだけの人間が英語で相手になれるのかわからない。間違いなく、柾鷹は無理だろうし。話のできる相手がいる方が安心だろうか。

「じゃあ…。あ、でも車が狭くならないかな？」

「今日はＳＵＶですから、席はありますよ。何なら他の車もありますしね」

確かにこの組員の人数なら、三、四台に分乗しているはずだ。

そんなやりとりでうなずき、遙はレオに向き直った。

「では、ご一緒させていただきます」

よかった、と彼が艶やかに笑う。

「遙さんはアメリカに留学していらっしゃいましたから、話は十分に通じると思いますよ」

そんな狩屋の言葉に、レオが尋ねてくる。

「アメリカのどこに？」

「学生時代はシカゴとボストンに。ＮＹにもしばらくいたことがありますよ。ずいぶん若いけど、君は……、ええと」

学生なのか何気なく聞きかけ、しかし聞いていいことかどうか迷って口ごもる。

しかし朗らかにレオは言った。

「レオって呼んで？　俺の方がずっと年下なんだし。……ええと、ハルカさん、って呼んでいい？」

狩屋がそう呼んだからだろう。人見知りすることなく聞かれて、遙は思わず狩屋と視線を交わしてしまった。

大丈夫か？　という確認だ。……柾鷹的に。

子分が遙を名前で呼ぼうものなら容赦なくボコっているし、梓《あずさ》――系列の沢田《さわだ》組の娘で、遙の若い友人でもある――にも許していない。海外の客といえども、譲歩するとは思えない。例外は、遙とも学生時代から付き合いのある狩屋ぐらいだった。

おたがいに視線だけだったが、避けた方が無難だな、という結論をおたがいの目の中に確認し、遙はさりげなく答えた。

「海外の友人はたいてい、ハルと呼んでくれてるよ。ああ…、フランス語圏の人だとアルになってたかな」

笑いながら、ＯＫ、と気軽にうなずいたレオがさらりと続けた。

「俺は今、美大に通ってるんだ。専攻はコミュニケーションデザイン、まあ、グラフィックデザインかな」

「美大？　へえ…」

思わず間の抜けた声をもらしてしまった。正直、意外だ。

組関係と狩屋は言っていたが、マフィアの関係というわけではないのだろうか。

まあもちろん、家族――そう、ファミリー・ビジネスがマフィアだったとしても、レオが関わっていないということもかしれないが。

「荷物はそれだけか？　……お持ちしろ」

そんなやりとりの間に狩屋がディノに確認し、組員に命令して小ぶりなスーツケース一つと、手にしていたボストンバッグを預かる。

「あ、俺はカリヤの隣ね」

駐車場へ向かう間もレオはあからさまに狩屋にまとわりついていたが、車のところまで来てそう宣言した。

レオにはずいぶんと気に入られているらしい。というか、「オトナにしてくれた」の意味をそっち方面にとらえると、親しくて当然かもしれないが。

もともと寡黙なのだろう。ディノはずっと口を開かないままだったが、そんな二人を数歩あとからじっと見つめている。

車は、キャデラックのエスカレードだった。ＳＵＶとしても大型だ。

今まで千住で見たことのない車だったが、ふだんどこに駐めてるんだろ、とちょっと考えてしまう。

レオの言葉に、「お客人ですから」とやんわりと断った狩屋だったが、

「じゃあ、客人の要望の応えてくれてもいいんじゃない？」

とあっさり論破される。

ちらっと狩屋がディノと視線を交わしたのに、何だろう…？　とちょっと怪訝《けげん》に思いつつ、じゃあ、と遙が最後部の三列目に入った。

大きな車だけに、三列目でも余裕のスペースがある。身体を押し包むような高級なレザーだ。二列目に狩屋とレオが並び、助手席にディノがすわる。

遙が見かける本家の運転手は、ふだん若い部屋住みの組員がしていること多いのだが、この車はもっと年配のベテランといった男が運転していた。

本家へ着くまで、主に後ろの三人で何気ない世間話や、レオの大学のこと、その勉強内容や課題、遙が留学していた頃の話などで盛り上がる。

遙ももう数年――二年だ――アメリカには行っておらず、NYで暮らしていたのはさらに昔なのでずいぶんと変わったところもあるようだ。さして有名ではない場末のダイナーだとか、小さなカフェとか、意外とレオが知っていたところも多く、生活圏は重なっていたらしい。

それだけ聞いているとごく普通のアメリカの大学生だったが、端々にちらっと剣呑な単語も見え隠れしている。

やはりレオは、NYを仕切るマフィアのドン、ベルティーニ一族の息子のようだ。

遙に対してことさら隠すつもりはないのだろうし、そもそも隠す意味もない。

遙自身は縁のない生活だったが、そういえば当時、ベルティーニという名は耳にしたことがあったと思い出す。もちろん、小声でささやかれるように。

我が強く、無邪気に命令慣れしている様子は何となく知紘《ちひろ》とも似ている気がした。そう、顔はまったく違うのに、パッと対面した時の印象が近い。

一時間半くらいで千住の本家に到着し、前後を走っていた他の車の組員がそろそろ到着、という連絡を入れていたのだろう。

門前にずらりと組員たちが並び、さらに車が駐まった玄関先でも最敬礼で客人を出迎える。いまだ遙でも慣れない緊迫感と仰々しさだが、その中を平然とした顔で車から降りているのはさすがだった。

前と後ろと、車が駐まると速やかに待っていた組員がドアを開く。

「お疲れ様です」

と、玄関先まで迎えに出ていた、本家の中のことを仕切っている前嶋《まえじま》という男が先に下りた狩屋に軽く頭を下げ、そして続いて降りたレオに、「ようこそおいでくださいました」とピシリと一礼する。

コンニチワ、とそれに朗らかに、レオは片言の日本語で応えた。

明るく無邪気な笑顔だが、そのあたりがくせ者なのだろう。……知紘と同じく、だ。

そしてさらにあとから降りてきた遙に、前嶋がちょっと目を見張った。

「顧問がご一緒でしたか…」

「空港でたまたま会ったから、乗せてもらったんだよ」

確認するように狩屋に視線を向けた前嶋に、遙は穏やかに口にする。

「空港……ですか」

思わず、というようにつぶやいた前嶋に、よほど二年前の遙の逃亡がトラウマになっているのか…？　とちょっと申し訳ないような気持ちで苦笑いする。

「どうぞ。組長がお待ちです」

それでも気を取り直したように客を家の中へとうながした。

本格的な日本家屋に、おー、と感嘆の声を上げて見まわしながら、レオたちが玄関へ足を踏み入れる。

「ハルも早く来て！　……ねえ、アレ、何っ？」

そして靴を脱いで上がりこむと、玄関先に飾られていた提灯だか扁額《へんがく》だかを指さして、はしゃぐように尋ねてくる。

単に英語の通じる友人がうれしいのか、あるいはあえて遙を深く巻きこみたいのか、レオの狙いがちょっとわからない。

だが多分――両方なのだろう。

車内での話や狩屋からもちらっと聞いて、ベルティーニの子息であるレオが、来日した機会に千住の組長に挨拶に来た、というのはわかっていた。

今特に、何かの仕事を一緒にしているというわけではないようだが、この先の提携を視野に友好関係を築いておこう、という段階らしい。

そういう組関係の話に遙が関わるつもりはなかったし、柾鷹も関わらせるのは嫌がっている。

ということは、遙もわかっている。

——が。

「まあ…、明日のことを組長にお聞きしないといけませんしね」

ちらっと横をうかがうと、狩屋がいつになく短いため息とともに言った。

レオの来日は基本的には観光目的で、美大生らしく日本の伝統的な建築やポップカルチャーなどに興味があるようだ。車内での話の流れで、何となく明日、遙がレオたちに都内を案内することになっていた。

いいでしょ？　という押しの強いレオの言葉に、組長の許可がありましたら、と狩屋は答えるしかなかったようだ。

たいていそつなく、面倒な話には持っていかないようにしている狩屋にしてはめずらしい。

長い縁側から美しい庭が眺められる和洋室の応接室へ通され、お茶が出されて、ほどなく柾鷹が姿を見せる。和装だった。透け感のある黒茶の絽《ろ》に、銀鼠の七宝華文白の帯が華やかに涼しげだ。

廊下側に立ったまま待っていた狩屋に軽く一つうなずき、視線を室内へ転じて——遙と目が合った瞬間、わずかに眉をよせた。

「なんでおまえがいる？」

「たまたま空港で会ったんだよ。ついでに連れて帰ってきてもらったんだ」

すっとぼけて何でもないように答えた遙に、柾鷹も、ほぅ…、とだけつぶやいた。

が、あとで、空港に何しに行ったとか、誰と会ってたとか、くどくどと聞かれそうだ。

「こちらがベルティーニ氏のご子息のレオナルド、そしてディノ・アンジェロ、ご子息の補佐というところでしょうか」

狩屋が過不足なく伝え、レオたちにも「千住の組長です」と短く紹介する。

「初めまして」

と、ソファから立ち上がったレオが、いくぶん固い笑みで柾鷹と向き合った。

何気なく握手を交わしながらも、いくぶん緊張しているようであり、じっと探っているようでもある。

柾鷹の方は、レオとディノと、順に軽く握手をかわす様子は意外と物慣れているようで、ちょっと驚く。

いつもの不敵な笑みで、しかしその笑みの裏で鋭く、二人を推し量っているようだった。

ディノにもちらりと確認するような視線をやったが、やはりレオの方に注意は行くらしい。

年齢で相手を見ることはない。じっと注意深く相手をうかがっている。ケンカ相手の技量を測るみたいに、あるいは野生の獣が獲物の状態を見るみたいに。襲うか、襲わないか。どう攻めるか。……一瞬に、そんな駆け引きが頭の中をめぐるのか。

こんな柾鷹を見るのは初めてで、ちょっとドキリとする。

「ま、楽にしてくれ。わざわざこんなところまで挨拶に来てもらって、ありがとうよ」

しかし表面上はゆったりとした様子で言いながら、自分も向かいのソファに腰を下ろす。

鷹揚に言った柾鷹の言葉を、Thank you for coming. と狩屋が短くまとめて二人に伝えた。

とはいえ、柾鷹の口調や態度で雰囲気は伝わるのだろう。

「父がよろしくと申しておりました。千住の組長のお噂はあちらでも耳にしていましたし」

「そりゃ、光栄だなァ…。ベルティーニみたいな大ボスに覚えてもらっているとは」

本心かどうか怪しいが、そんな儀礼的なやりとりが狩屋の通訳で行き交う。

「日本のヤクザだと、『オヒカエ……ッテテ』とか、挨拶するんじゃ？　練習したんだけど、覚えられなくて」

そんなレオの言葉にちょっと場が和んだあたりで、おもむろに柾鷹が口を開いた。

「で、なんで遙が？」

じろり、と狩屋の方に視線が向く。

決して荒くはない淡々とした、単なる問い――ではあったが、その奥に潜む刃物のような怒りに、言われたのが狩屋でなければ真っ青になって立ち尽くしていただろう。

どうして遙がこの場にいるのか――、だ。

空港から一緒に帰ってきたにせよ、この顔合わせの場にいる必要はない。

「実はレオが遙さんに東京観光の案内を頼まれまして。組長の許可がいただきたいと」

狩屋は言い訳もなく、ただ事実を口にする。

遙はあわてて口を挟んだ。

「レオは美大生だそうだから、見て回りたいところもいろいろとあるみたいだしね。それなりの解説も欲しいだろうし、狩屋を貸し出すわけにはいかないだろう？　俺なら英語も通じるから」

そんなやりとりを狩屋が通訳し、レオがわずかに身を乗り出すようにして頼んでくる。

「ご迷惑でなければ、お願いします。ハルは英語もうまいし、いろんなジャンルに造詣も深いみたいだから」

遙とレオのそんな言葉に、柾鷹が頭の後ろを掻きながらわずかに顔をしかめる。

「ご迷惑ではあるけどなー…」

「柾鷹」

低くうめいたのを、遙は小さくにらむようにして短くいさめる。何と言っても客人相手だ。

狩屋はそれを「遙をとられるとちょっと淋しい」とそつなく訳している。

それでも少し考えてから、ちろっと遙の顔を眺め、柾鷹がうめくように言った。

「ま、遙がよけりゃかまわねぇが…、危ない目には遭わせないでくれよ。俺のカワイイ子なんでね」

にやりと笑って言った柾鷹の言葉を、狩屋は忠実に翻訳したらしい。

ようやく自分たちの関係に気づいたのか、腑に落ちたのか、レオが目をパチパチさせて、ああ…、とうなずいた。そして華やかに微笑む。

「日本は安全な国でしょう？　NYみたいにいきなり鉛玉が飛んできたりしない」

「キケンはどこに転がってるかわかんねぇからなァ…」

「そうですね。俺たちの家業ならなおさら」

さらりと言ったそんなレオの言葉に、柾鷹が肩をすくめる。

「父の名代で挨拶には寄せていただきましたが、俺はまだ学生ですので。日本の伝統と最先端がモザイクになっている東京に興味があるんですよ。できるだけ吸収して帰りたい」

熱心なレオの言葉に、柾鷹もうなずいた。

「車と運転手を使ってもらってかまわねぇよ」

「ありがとうございます。でも、地下鉄に乗りたいんですよ」

キラキラした眼差しは、実際にアーティストとしての興味だろう。

「俺も前から気になってたけど、行けてないところとかあるから。いい機会だよ」

横からそう口にした遙に、柾鷹がつーん、と唇を突き出す。

「俺とはデートしてくんねぇくせにぃー」

「おまえとはろくな行き先にならないからだろ」

そんな、ある意味日常なやりとりを狩屋がどう同時通訳したのか、ちょっと聞き損ねる。

……うまくアレンジしておいてくれるといいのだが。

と、その時だった。

ふいに携帯の呼び出し音が響き、ハッと一瞬、数人が自分のを確かめる。

持っていない柾鷹や、明らかに呼び出し音が違う狩屋などは単に音の出所を探るくらいだったが、どうやらレオの携帯だったようだ。

「あ…、すみません。父からです」

少し申し訳なさげに確認して、そう報告する。

「心配性なので。そういえば、到着してから連絡してなかったや。……かまいませんか？」

照れくさげに言って、柾鷹や狩屋に断ってから、電話に出る。

「ハロー、父さん？　――うん。今、千住の組長と会ってるところ」

むこうも本家に挨拶に行くタイミングを見計らっていたのだろうか。

「うん。大丈夫だよ。問題ない。……そう、カリヤが迎えに来てくれて。……え？　あ、ちょっと待って」

いったん電話口から顔を離したレオが、柾鷹に向き直った。

「父が一言、挨拶をしたいと言ってるんですが」

そんな言葉に、柾鷹がわずかに顔をしかめた。

「わりぃが、英語を話せねぇからな。狩屋で代わっといてくれ。そっちのオヤジとも向こうで一度、会ってんだろ？」

ええ、とうなずいた狩屋が、通訳してから意向をうかがうようにレオを見る。

「あ、それは大丈夫。向こうで日本語の通訳を用意してるみたいだから」

そう言うと、レオは携帯をスピーカーフォンにしてテーブルにのせた。

「カリヤに代わるよ」

わずかに身を乗り出してそう声をかけると、失礼します、とテーブルに近づいて柾鷹の隣に腰を下ろした狩屋がやはり身体を近づけて口を開いた。

「ご無沙汰しております、ミスター・ベルティーニ。その節はご歓待いただきましてありがとうございました」

英語でそんな挨拶から入り、元気にしてるか、とか、また顔を見せてくれ、とかいった、そんなやりとりがある。

携帯から流れてくるいくぶん聞き取りづらい声の男がマフィアのドンだと思うと、遙も無意識に緊張した。とはいえ、やはり現実感がないが。

五十代だろうか。渋い感じで、さすがに貫禄を感じる。

しかしそのマフィアのドンでも、世間の父親と同じく海外に出した息子を心配している様子は、ちょっと微笑ましい。

『息子は日本は初めてなんでね。よろしく頼むよ』

やがて狩屋を通じて、そんなメッセージが柾鷹に届く。

「ああ…、たいしたことはできねぇが、滞在中、不便のないようにはさせてもらうよ」

ゆったりと柾鷹が返した言葉を、遙か海を越えた回線の向こうで通訳が直しているようだ。会話にわずかなタイムラグができる。

狩屋は相手の言葉を柾鷹に訳してやるので手一杯なので、遙が柾鷹の言葉をレオたちに通訳してやった。

『私もまたいつか日本を訪れたいもんだが、いそがしくてな…。なかなかヒマができんよ。いつまでたってもつまらない雑用が多い』

「ヒマは作るモンさ。あんたほどの立場だと、雑用はキリがねぇだろ。日本に来たことはあるのか？」

『以前に何度かな。いい国だよ。見るべきものが多い』

「ほう？　そうかい」

『私は日本の浮世絵《うきよえ》が好きでね。そこそこのコレクターなんだよ』

「浮世絵？　そりゃまたカビ臭いもんを…」

苦笑するように言った柾鷹に、相手がいくぶんムッとしたように返してくる。

『芸術だよ、浮世絵は。歌麿《うたまろ》の美人画を見たことがないのかね？　嘆かわしいな…。日本のヤクザと言えば歴史と伝統がある稼業のはずだ。もっと自分の国の文化に造詣が深くてもいいんじゃないかと思うがね』

「食えるモンじゃねぇからなァ…。だいたい俺ならあんな下ぶくれのオカメの絵より、スレンダー美人の無修正の方がビビッとくるね」

『あのふくよかな美がわからんかね？　おおらかで包みこまれるような優しさを感じられんとは、

つまらん男だな…、君は。今のモデルみたいな無個性で骨みたいな女など、大量生産される程度の価値しかないね』

「趣味の問題だな、そりゃ。俺はどっちかっつーと、貧乳の方が好みだしなァ…」

『ハッ！　愚かな…。古来より豊満さは美の象徴だよ、君。結局のところ、美は母性に行き着くもんだ』

なんだかだんだんと妙な方向に話がいっているようで、さすがに遙も途中からいささか通訳の口が止まってしまっていたが、レオに急かすように袖を引かれて、仕方なく大雑把な訳をしてやる。

「そりゃ、単にアンタが巨乳好きってだけだろ？　つーか、俺はそもそも尻派なんでね」

『尻か！　君の趣味にケチはつけんが、どうやら君は女の尻に敷かれるのが好きなタイプなのかね？　それとも尻を追いかけるのが？　どっちにしろ、ゲスな趣味だな』

「そういうアンタはいまだにママのおっぱいが恋しいようだな」

『女性の胸は永遠だよ。すべての原点だ。豊かな胸にロマンを感じられんような男は信用できんな。胡散臭くていかん』

「おお、上等だ。俺に言わせりゃ、乳臭いガキを相手にするつもりはないねっ」

思わず立ち上がり、テーブルの携帯に向かって嚙みつくように怒鳴っている柾鷹を、遙はあっけにとられて眺めていた。

……論点がズレてないか？

と思ったのは遙だけではないはずだ。

それよりなにより、国際電話越し、通訳越しで言い争うにはテーマが下らなさすぎる。

それをまた、無表情なまま淡々と訳す狩屋もどうかと思うが。

「ちょっと、父さん」

さすがにそのあたりを感じたのだろう、我に返ったようにレオが身を乗り出して口を挟む。

『レオ、どうやら千住のボスとは話が合わんようだな…。提携の話はなかったことにした方がよさそうだ』

大きく息をつき、重々しくドンが告げる。

「ちょっと待ってよ。何、バカなこと言ってるんだよっ」

レオがあわてていさめるように言う。

『これは信条の問題だ、息子よ。ファミリーのドンとして、そこは曲げるわけにはいかんのだ』

……巨乳好きか、貧乳好きかが？　もしくは、胸派か、尻派かが？

渋い声で続けた男の言葉に、遙は思わず内心でうなった。

「そういうことじゃないだろっ？　ちょっと、父さん！」

レオがあせってテーブルの携帯をつかむ。

「おい、柾鷹…、おまえ、もうちょっと他に話すことがあるだろう?」

なかば困惑したまま、思わず遙は声を上げていた。

いや、本当に組関係の話に首をつっこむわけではないが、あまりにもな気がする。

「だから、おまえは貧乳だろうがよー。俺は誠実なんだよ」

「そういう問題じゃない」

ふん、とどこか偉そうに言った柾鷹を、遙はなかばあきれつつにらみつける。

「——ねぇ、父さん!? ちょっと待って——あっ…」

どうやらレオの方も電話を切られたらしい。呆然と手の中の携帯を見つめている。

「つーわけだ。狩屋、客人を丁重にお見送りしろ」

ピシャリと言うと、柾鷹がのっそりと部屋を出た。

「もう、バカじゃないの!?」

天井を仰ぐように声を上げたレオに、遙としても反論はできなかった。

※　　　※

「組長」

狩屋が二階へ上がってきたのは、柾鷹が客を置いて去ってから十五分ほどたった頃だろうか。

柾鷹は冷蔵庫を開けて、自分でビールを取り出したところだった。

おう、と短く答えて、缶ビールを片手にリビングのソファにどさりとすわりこむ。

「あのガキは？」

「今、車でホテルまでお送りしています」

だらりと背もたれに身体を預け、プルトップを押しこみながら尋ねると、狩屋がいつものように過不足なく答えを返した。

「あー…、遙は？」

「少し心配されてましたよ。あきれてもいましたが」

それはそうだろう。我ながら、つまらないケンカだったと思う。その場の勢いもあった。が、男には引けない時があるのだ。相手がマフィアのドンであればなおさら。

「明日はどうするって？」

「約束通り、都内を案内するおつもりだと思いますが」

だろうな…、と内心で思いながらも、難しい顔でビールをあおった。

そういうことには律儀な男だし、さっきみたいなことのあとなら、なおさら気を遣うだろう。

「申し訳ありません。その件については早めに対処すべきでした。私のミスです」

狩屋が淡々とあやまってくる。

めずらしい判断ミスかもしれないが、

「まぁな…。だが、あのガキも一筋縄ではいかねぇんだろ」

いかにも無邪気な顔を思い出して、なかば独り言のようにつぶやく。

うまく話をそっちに持っていった、ということだ。

「遙、空港にいたって？」

思い出して、柾鷹は確認する。

「ええ。トランジットで立ち寄ったアメリカの友人と会っていたようです」

「……それだけか？」

また、海外へ逃亡する計画なんか立ててやがるんじゃねぇだろうな…、とやっぱり心のどこかで疑ってしまう。

「だと思いますよ。遙さんの方からこちらを見つけられましたから」

あぁ…、と柾鷹は低くうなった。

確かに都合の悪いことがあるのなら、見かけても遙の方から近づくことはないのだろう。

「あのゴッド・ファーザーも意味わからんが」

ため息をついて、柾鷹はポリポリとこめかみのあたりを掻いた。

「レオナルド、つったか？　あのガキが日本に来たのは、観光のためだけなのか？」

食えなさそうなガキだけに、そのあたりが気にかかるところだ。

「どうでしょうね…。向こうの大学は夏休み期間中だと思いますが、こちらは観光にいい時期じゃないですからね」

なにしろ、梅雨のまっただ中だ。

うーむ、と無意識に低くうなる。

「どっかおかしな動きをしてるとこはねぇのか？」

「今のところ、入ってきてはいませんが…、調べてみます」

ああ、とうなずいたものの、範囲が広すぎ、漠然としすぎている。

「来日中、見張りをつけておいてもいいんですが…、多分、感づかれますね。ディノはそういう嗅覚が鋭いですよ」

狩屋の言葉に、柾鷹は顔をしかめた。

「まぁ、遙といる間はヘタな動きはしねぇだろうがな…。ヘタな口車に乗らなきゃいいが」

「遙さんはそのへんの判断はできる方ですから。大丈夫だと思いますが」

「まぁな…」

柾鷹もうなずく。

「あちらの…、ベルティーニとの提携はこのままでよろしいですか？」

確認するように狩屋が聞いてくる。

柾鷹は一瞬、黙りこんだ。カリカリと耳の後ろを掻く。

いいか悪いかで言えば、よくはないのだろうが。

とはいえ、顔つなぎができているというくらいで、実質的に何かを協力し合っている状況ではまだ、ない。

息子が来たということは、何かを始めるつもりがあったのかもしれないが……。

「海の向こうでわめこうが暴れようが知ったことじゃねぇよ。ま、なるようになんだろ」

ふん、と鼻を鳴らして柾鷹はうそぶいた。

※　　　※

「まったくもう父さんは…。妙なところで子供なんだから」

車が走り出してから、レオがあきれたように大きなため息をついた。

千住の本家を出て、予約を入れておいた都内のホテルまで送ってもらっているところである。

運転手と助手席に一人、千住の人間が乗っている以外は自分たち二人で、ディノも今回はレオの隣にすわっていた。

午後の四時になろうとしているところだったが、空は今にも雨が降りそうな梅雨空でどっしりと厚い雲に覆われている。

そんな愚痴のような言葉に、ディノはあえて口を閉ざしたままだった。

レオにしてみれば自分の父親だが、ディノからすればボスになるわけで、さすがにうかつな批判はできない。……まあ確かに、バカバカしい論争だったとは思うが。

ただ、そんなつまらないことで壊してしまっていい関係とも思えない。

「このままにしておいていいんですか？」

短く尋ねてみる。

「よくはないけど…、そうだな。ま、多分、狩屋が何か考えてると思うけどね」

――狩屋、か…。

華奢な肩を軽くすくめて言ったレオに、ディノはわずかに目を伏せた。

さすがにレオの彼に対する信頼は大きいようだ。

今、千住とのコネクションが切れるのは、本来の来日目的としてもちょっと計画に変更が出るのではないかと思ったが、……そのあたりはフロントシートに千住の人間がいるところで口にできることではない。

運転手はともかく、助手席の男は英語もできそうだ。

半時間ほどで汐留《しおどめ》にあるホテルへ到着すると、ドアマンが素早くリアシートのドアを開き、ディノが先に降りた。

レオを降りるのを待っている間に、助手席の男がリアゲートを上げて荷物を取り出す。ドアマンが預かろうとそちらに近づいたのに、ちらっとこちらに視線を向けて尋ねてくる。

そのあたりは配慮が行き届いているな…、とちょっと感心した。

この仕事だ。他人に手渡すのが不安な荷物も多い。

軽くうなずくと、男が荷物をドアマンに引き渡した。

「ここで結構です。ありがとうございました」

そして丁重に言ったディノに、男が軽くうなずく。

「先ほどは行き違いがあったようで、申し訳ありません。ぜひ日本での滞在をお楽しみください。お力になれることがありましたら善処させていただきますので、私にでも狩屋の方にでも、いつでもご連絡を」

さりげなく、どちらにも当たり障りのないフォローだ。

狩屋ほど流暢ではなく、硬い印象だったがわかりやすい英語で男が言い、するりと名刺を渡してくれる。

前嶋、という名前が日本語と、裏に英語で入っていた。肩書きはないが、千住の幹部なのだろう。さっきの挨拶の場にも同席していた。

組長はアレだが、狩屋といい、まわりはしっかりしている印象だ。いや…、組長自身も一面的に判断すべきではないのだろうが。

「こちらこそ、失礼しました。明日はよろしくと、朝木さんにお伝えください」

レオの言葉に、はい、とうなずき、一礼して男が車に乗りこむ。

車が走り去ると、さすがにホッと息をついた。

じわりとにじんだ汗で首筋がベタつく。そういう季節だとは聞いていたが、ひどく蒸し暑い。日本人はよくスーツを着てられるな…、と感心した。それであれだけ涼しい顔をしていられるのだ。

しかしその中で、朝木遙だけがカジュアルな印象だった。千住の他の人間とは立場が違う、というのが明らかだ。

千住の組員ではない。顧問とは言っていていたが、千住に雇われているわけでもない。

どうやら遙は組長の愛人らしい——と、会話の中でわかって、なるほど、とは思ったが、それでも違和感はあった。

どうやら愛人とは言っても、遙は普通に手当を出して囲われているような立場ではなかった。

狩屋をはじめ、組員たちの遙への態度を見ると、全幅の信頼と敬意、そして家族的な親しみが見られる。

実のところ、ボスのベルティーニにも愛人は何人かいるのだが、基本的に「ファミリー」ではない。単にボスの付属物というだけで、それ以上でも以下でもない。配下の人間は、できるだけ関わらないようにしている。

それと比べると、ずいぶんと異質だった。

国際回線で口ゲンカを繰り広げ、千住の組長が部屋を出たあと、何かすみません、となんとも言いようがないように遙があやまり、こちらこそ、とレオも渋い顔をしていた。

それでもおたがいの携帯番号を交換し、明日の時間の打ち合わせをした。

予定通り、遙は都内観光に付き合ってくれるらしく、十一時のホテルのロビーで落ち合うことになっていた。

そのあたりも、不思議ではある。組長の怒りを恐れるなら、こちらには関わらないようにするだろうに。

レセプションへ向かうレオのあとに続き、ディノがチェックインをすませると、大きな窓から東京湾が望める最上階のスイートへ案内される。

ホテルのフロントは完璧なまでに慇懃な営業用のスマイルを崩さなかったが、この二人をどう見ているのだろう、とちらっと思う。

年齢も離れた、男の二人連れ。ディノは、あるいは海外のビジネスマンに見えたとしても、レオはやはり学生にしか見えないはずだ。よくて兄弟に見えているのか。

今回、部屋は同じだった。

一応、ツインのベッドルームで、しかし主筋であるレオと同室というのはやはり気が引ける。手配したのはレオだったから、海外での安全を考慮したのか、……そういう意味なのかはわからないが、とりあえずディノに選択権はない。

もちろん向こうでも、時々、セックスはする。だが好きな時に、というわけにはいかなかった。同じファミリーの人間の目を気にする必要があり、もちろん二人が暮らす屋敷の中でなどできるはずもない。ボスと同じ屋根の下なのだ。

自分とレオとの——そういう関係は、さすがにまだ、ボスには告白できていなかった。

ボスから生まれたばかりのレオの守り役を任されて、二十年以上、ずっとそばで守ってきた。純粋な愛情だったはずが、いつから邪な想いに変わっていたのかはわからない。

一生、心の奥底に封印しておくつもりだった。

だがそれを剝ぎ取られたのは二年前、狩屋に会った時だった。そして、レオの想いを受け止めた時。

同じような立場にある男として、狩屋に対しては共感も敬意も覚えているし、二年前、してくれたことには恩義にも似た、感謝の念もある。

間違いなく、狩屋は自分に一歩を踏み出させてくれた。腹をくくらせてくれた、というのか。

一生そばにいて、レオを守る、と。

……同時に、言いようのない嫉妬を消せないことも事実だった。

狩屋はレオの……初めての男だったから。

狩屋に会うことは、間違いなくレオの来日の目的の一つだったはずだ。

もちろん観光も、そしてもう一つ、別の重要な目的もあるわけだが。

自分とレオとの付き合いは長い。レオの自分に向けられる気持ちを、疑うわけではない。

愛情はあり、……欲情もある。おそらくは、無条件の信頼も。

恋人――と言えるのかもしれない。

だが狩屋は、やはりレオにとって特別だった。

おそらくは……、手に入らないことがわかっているだけに、ずっと恋し続ける相手なのだ。

そんな相手と再会して、心を弾ませないはずはない。

日本に行くと決まってから、ずっとレオは機嫌がよく、指を折るように無邪気にこの日を待ちわびていた。

そして、実際に会って、話して。触れて。

その言動の端々に、喜びが溢れていた。

そんな姿を、ディノはじっと見つめているだけだった。それしかできない。

自分の心の奥底から湧き上がってくる、熱い、暗い感情を押し殺して。

何も言わなかったし、態度に出すつもりもない。

だが、何も感じないわけではなかった。

チリチリと焼けるような想い。力ずくで押さえこみ、自分の方に——自分だけにその目を向けさせたくなる。

そんな、独占欲と言えるようなものを。

自分から何かを、……今以上のものを、レオに求める立場ではないとわかっているのに。

部屋に入り、客室係が部屋を出ると、レオが窓際に近づいて東京湾の景色を眺める。

「夜景はきれいなんだろうね…」

ぼんやりとつぶやくうれしそうな横顔を、ディノはただじっと見つめる。

「ディノ」

艶然と微笑み、レオが振り返った——。

夜を楽しみにしていた。

※　　　※

日本での最初の夜。

レオも二十一になって、名実ともに成人を迎えたわけだが、今のところまだ実家で家族と暮らしている。

本当ならすでに独立して、一人暮らしをしていてもいい歳だったが、大学が家からも近く、また家業の手伝いなどもあって踏み切れていなかった。

多分一番の理由は、ディノ、だろう。

学生寮の生活なども憧れないわけではなかったが、やはりディノと会う時間はぐっと少なくなる。近くにアパート兼のアトリエなどを借りてもいいかな、とは思ったのだが、そうするとおそらく、大学の友人の溜まり場になってしまうだろう。

美術系のパンクでファンキーで自由奔放な学生たちが集まる場所に、さすがのディノも姿を見せにくいはずだ。

連れこんでセックスするにも、いつ誰が押しかけてくるかわからない。

……まあ、セックスの場所に困るのは、実家も同じだったが。

なにしろディノが固くていけない。

レオとしては、父親の目を盗んで、というのもスリリングでやってみたいのだが、ディノの方が頑なに拒んでいる。まあ、バレたら大変なことになるのは間違いないので、レオとしても無理強いはできない。

だから、そういう関係になったとはいえ、二人の時間がとれることは稀だった。

たまにレオが旅行や何かで海外なり、アメリカの他の都市へなり出かける時は、当然ディノも同行するので、そんな機会を狙うしかない。

あるいは我慢できなくなって、目立たないホテルをとるか、だ。

だから父親の目を遠く離れ、他のボディガードたちも断ってやってきた日本への旅行は、レオにとってはまさに解禁、でしかなかった。

もちろん、日本へ来る楽しみは他にもある。狩屋だ。

ずっと会いたかったたし、会うとやっぱりドキドキする。

しかしそれよりもっとドキドキするのは……ディノの視線だった。

自分が狩屋にべったりと懐くことで、ディノの視線が燃え上がるのが楽しい。必死に、無表情な仮面の下に爆発しそうな熱を抱えているのがわかる。

今にも背中から飛びかかられそうで。一気に引き剝がされそうで。

そんなスリルも楽しいのだが、多分、ディノは自分を抑えられる。

それはもちろん、どれだけレオが狩屋にまとわりついたとしても、それ以上のことにはならないとわかっているからだろうが。

狩屋が本気で自分に手を出すことはない。ベルティーニの息子だとわかった今では、絶対に。

だがわかっていてさえも、やっぱり——感情はどうにもならないはずだ。

そんな熱情と、憤りと、……嫉妬と。

いつもと同じ平静な顔のくせに、そんなものが混じり合ってたぎるディノの目に見つめられるのが、ゾクゾクするくらいうれしい。

必要なものは現地調達するつもりだったので、手荷物自体は少なく、レオは小ぶりなスーツケース一つだった。ディノはボストンバッグ一つだ。

その少ない荷物を開けて、ディノが手際よくクローゼットにしまっていく。

今回の滞在は、一応、一週間の予定だった。状況によって、もう少し延びる可能性もあったが。

それこそ状況が許せば、京都あたりもまわってみたい。温泉とか、神社とか。

ホテル内で少し早めに夕食をとり——本当は狩屋を誘いたかったのだが、あんなことになってしまったので断念するしかなかったのだ——部屋へもどってきて。

「お疲れでしょう。時差もありましたからね。シャワーを浴びて今日は早めにおやすみください」

ディノが淡々と言う。

このままではツインのベッドも使わず、リビングのソファにでも寝そうな素っ気なさだ。

しかしことさら、レオの顔を見ないようにしているあたりが、ちょっとカワイイ。

んー、と素知らぬふりで返事をすると、レオは言われるままにバスを使った。

湯を張って、身体を伸ばして。全身を解けさせる。

本当は一緒に入りたいところだったが、今日のところは我慢しておく。まだ一日目だ。

バスローブだけ羽織って気怠く風呂から上がると、リビングのソファにバタリと腰を下ろした。

ルームサービスで頼んだのか、ディノが白のワインを持って来てくれる。よく冷えていて、火照った身体に心地よく身体の中に沁みていく。

その間にも、ディノはドライヤーで髪を乾かしてくれて。

赤ん坊の頃から面倒をみてもらっているので――それこそ、オムツも替えてくれたわけだ――身のまわりの世話を任せることには慣れている。

アルコールがほどよくまわって、さすがに少し眠くなった。

小さくあくびをすると、「おやすみになりますか?」と尋ねたディノが、うなずいたレオの身体を抱き上げ、ベッドまで運んでくれる。

吸いこまれるように目を閉じたレオの喉元まで布団をかけ、ディノが小さく息をついたのがわかる。

指先で優しく前髪が梳かれ、手のひらで頬を撫でてから、ようやく男の気配が離れていった。

そしてバスルームに入る気配。

レオはひっそりと微笑むと、スッ…とベッドから下りる。足音を忍ばせて……といっても、床はどっしりとした絨毯なので、まったく音はしない。

クローゼットへ向かって、自分のパンツのポケットを探った。確かに入れておいたものが指に触れる。

それを引っ張り出そうとして、ふと、思い直した。

パンツの中身はそのままに、レオはクローゼットの隅に直置きされていた黒いボストンバッグをそっと引きよせる。

ディノが愛用しているシンプルなカバンだが、勝手にファスナーを開けて中を調べてみる。

と、探すまでもなく、それは上の隅の方につっこまれていた。レオがパンツのポケットに押しこんでいたのと同じものだ。

思わず笑みがこぼれる。

レオはそれを抜き取ると、バッグを元にもどして、ついでのようにワインのボトルとグラスをベッドサイドまで運び、再びシーツへすべりこんだ。

シャワーの音が密やかに聞こえてくる。

たいていカラスの行水だが、今日は少しばかりゆっくりと入っているようだ。やはり長旅のあとだからだろうか。

このあとを期待して、ということではないだろう。レオは眠ったと思っているはずだから。

耳に優しい水音に誘われて、本当に眠りに落ちそうになった時、パタン…、と遠くでバスルームのドアの音がした。

素早くベッドの上に身を起こしたレオは、ヘッドボードに身体を預け、足を軽く交差させるように伸ばして、男を待つ。

やはり足音はしなかったが、息遣い……だろうか。まっすぐにディノが近づいてくる気配がする。

リビングルームから奥のベッドルームへと足を踏み入れたとたん、ハッと男が息を呑んだのがわかった。ディノはバスタオルを腰に巻いただけで、短い髪をタオルで乾かしていたが、その手もピタリと止まる。

「坊ちゃん…」

目を見開いて、かすれた声がこぼれ落ちた。

「俺、成人したんだよ？　そろそろその呼び方、変えないかな？」

まっすぐにディノを見て微笑むように言うと、ようやく男が息をついて視線を逸らせた。

「そう…、ですね。失礼しました。どうしても……、小さかった頃を知っているので」

そんな言葉に、レオはいくぶんいらだちを覚えつつ、鼻で笑った。

「そんな小さな子供に手を出したつもりなの？」

皮肉に言いながら、シーツの下に隠していた右手をするりと持ち上げる。

その指先には、さっきディノのカバンから抜き取ったアイマスクが引っかかっていた。乗ってきた飛行機のアメニティ・キットに入っていたものだ。

あっ…、とディノが目を見張り、動揺したように短く声を上げた。

遊ばせるように、それをくるくると指先で回してみせる。

自分たち二人の間の、暗号のようなアイテムだった。

――おまえが欲しい、と。

狩屋がやり方を教えてくれたのだ。

ディノを……この堅物な男を誘う方法を。

アイマスクをしていたら、レオには相手が見えないから。誰が自分を求めているのか、わからないから。

決して手を出してはいけない相手。だが見えないのなら、と。

そしてディノがわざわざこれをとっておいたということは、つまり、レオにこれをつけてほしい、という意味でしかない。

ディノがとっさに顔を伏せたのは、欲情を見透かされた恥ずかしさなのか。

でもそれは、レオも同じだった。やはり同じようにアイマスクだけ、持ってきていた。

レオは両手に左右のゴムを引っ掛け、おもむろに自分の目を覆う。

視界がぼんやりとした闇に包まれる。

何も、命令はしなかった。

あんな目で見ていたくせに——この男も、自分が欲しいはずだった。

ゆっくりと身体を起こしたレオは、ベッドの上で膝立ちになり、なかば解けかけていたバスローブの紐を落とす。

「レオ…！」

その瞬間、熱く、かすれた声が耳元で弾け、背中からぐいっと強い力で抱き寄せられた。

そのままうなじのあたりで髪がつかまれ、唇が奪われる。

「ん…っ…、あ……、んん…っ」

強引に舌が入りこみ、きつく絡められて吸い上げられる。

レオも無意識に腕を伸ばし、男の首に両腕をまわす。

顔が見えなくても……馴染んだ身体、よく知っている匂いだった。

身体全部をこすりつけるみたいにして、男にしがみつく。

そして胸から脇腹へと男の身体をたどるように這わせた手のひらが、やがて男の中心へと行き着いた。一瞬、その手首がきつくつかまれたが、レオはかまわず手の中で男のモノを軽くこすり上げてやる。

それだけでドクッと、生き物のように跳ね上がり、硬く、熱く、大きく成長する。

それが愛おしくて、レオはうっすらと微笑んだまま、さらに男の先端から根元までをもむようにしてなぶり、ぬるぬると溢れ始めた先走りをこすりつけるようにしてさらにしごく。

「――くそ…っ」

荒い息遣い中、低いそんな声が聞こえたかと思った瞬間、レオの身体がいったん突き放された。

何も見えず、何が起こったのかもわからないままレオはシーツに腰をついていたが、やがて両手ですくい取るように顎が包まれ、顔が引きよせられた。

そのまま腰を浮かし、やがて唇に何か熱く、硬いモノが触れさせられる。

それが何かわかった瞬間、あ…、と小さな吐息をもらしたが、レオは自分から大きく口を開き、先端からその大きなモノを呑みこんでいった。

「……んん…っ、ふ…ぅ…」

口に余るそれを必死にしゃぶり、舌を這わせてなめ上げる。するとさらにそれは口の中で大きく膨らみ、ますます口を圧迫していく。

無意識に離そうとした頭が強引につかまれ、押しつけられて、強く揺すられた。

息苦しさに、知らず涙がにじむ。

しらふなら…、アイマスクをしていなければ、決してディノがするようなことではなかった。

引き剝がすように口が離され、レオはあえぐみたいに大きく息を吸いこむ。

その唇が何度か貪るように味わわれたあと、一気に身体がベッドへ押し倒された。

「あっ…、ん…っ…」

バスローブの前が乱れて、大きくはだけたのがわかる。かまわず肩からなかばまで引き下ろされ、中途半端に腕のあたりで止められて、腕が拘束される形になった。胸から下肢までが大きくさらけ出される。

わずかにあらがったレオの顎をがっちりと固定し、もう一度キスを落としてから、片方の手がゆっくりと剝き出しの胸を這っていった。

「ふっ…ぁ……、やぁ…っ」

何一つ隠すこともできないまま、男の指に片方の乳首がもてあそばれる。痛いくらいにきつく摘まみ上げられ、押し潰されて、たまらず胸を反らせてその刺激を逃がそうとした。が、かえって男の目に恥ずかしく尖った乳首を見せつけているだけだと気づいて、カッ…と頬が熱くなる。片方が指で乱暴にいじられながら、もう片方はねっとりとやわらかく舌が這わされ、その落差に身体がおかしくなりそうだった。

淫らなあえぎ声が止めどなく唇からこぼれ落ち、ドクドクと下肢に血がたまるようで、レオは無意識に膝をこすり合わせる。

それに気づいたように、男の手が強引に膝をつかみ、手荒に押し広げた。

「あ…っ」

隠しようもなく中心が男の視線にさらられ、こみ上げてくる羞恥に身体が熱くなる。

「俺のをしゃぶっただけでコレなのか…?」

低い声が耳元でささやき、するりと中心が撫で上げられて、すでに自分のものが反り返し、形を変えているのを教えられる。

「こんなに淫乱に育ったのは、誰の責任だろうな…」

自嘲気味の声とともに手の中できつくこすり上げられ、レオはたまらず腰を揺すってあえいだ。

ぬるぬると蜜をこぼす先端が指で揉みこまれ、くびれがいじられて。筋に沿ってたどった指が、根元の双球を揉みしだく。

「あぁあっ…、ひ…ッ、あ…、あぁ……っ！」

全身に襲いかかってくるような快感から逃げ出せず、レオはただ身体をのたうたせて煩悶する。

男の手がレオの両足を高く持ち上げ、恥ずかしく腰を浮かせた。

そしてピチピチと揺れるモノが男の口に含まれ、舌を絡めるようにしてしゃぶられる。

「う…、ふ…ぅ…、ん…っ、いい……あぁ…っ、いい……っ」

甘い快感に腰が焦れるように揺れる。

レオの中心をくわえたまま、指先が奥へ続く溝を何度も往復してこすり、レオは腰の奥からせり上がってくるものをこらえきれなくなる。

「だ…め…っ、もう……っ」

出る、と声にする前に、男が敏感な先端を甘噛みし、あっけなく放ってしまった。

「あぁ……」

弛緩した身体がぐったりとシーツに沈んだが、男の攻撃はそれでは終わらなかった。

力ない足が大きく広げられ、窄まった奥が無造作に押し開かれる。

「ふ…ぁ…、……や…っ、ああっ、だめ……っ」

襞に硬い指が触れ、レオはとっさに声を上げたが、次の瞬間、やわらかく濡れた感触にくすぐるようにされて、悲鳴のような声が上がってしまう。

たまらず腰が跳ねたが、男の手が強引に押さえこみ、さらに舌先で襞がなぶられた。

執拗に愛撫され、それだけで収まっていた前が早くも力を持って、硬く反り始めたのがわかる。

いやらしく濡れた音が耳につき、どうしようもなく全身が熱を上げる。さらに感覚もないほど溶かされた襞が浅ましく男の舌に絡みつくように動いてしまう。

すっかりやわらかくなった窄まりが指で押し広げられ、奥まで舌で愛撫されて、レオはもう腰をくねらせるようにしてあえぐしかない。ポタポタと、ほったらかしにされた先端から溢れた蜜が腹に滴り落ちる。

ようやくそこから唇が離れ、ホッと息をついたのもつかの間、溶けきった襞をかき分けるようにして男の指が侵入してきた。

硬い指に中をこすり上げられる感触に、たまらず腰を締めつける。しかしその抵抗を楽しむように男の指は自在に動き、知り尽くしたレオの弱い部分を突き崩していく。

「――あぁっ！　あぁぁっ、やっ…、あぁっ、そこ…っ、やぁ…っ！」

立て続きに刺激され、腰を振りたくりながらレオは声を上げる。

やがて二本に増えた指が中を押し広げ、たっぷりと馴染ませて。

うしろに与えられる快感に身体が焦れるくらいになって、いきなり指が引き抜かれた。

「や…っ、まだ……っ」

思わず惨めな声がこぼれてしまう。

「ねぇ…、ねぇ……なか……、して…よ…っ」

荒い息遣いだけで、じっと見つめるてくる視線に、レオはたまらずねだってしまう。

男の手が顎をつかみ、荒々しいキスが与えられて。

そして両肩まで足を抱え上げ、浮かせたレオの腰の奥に、何か熱いモノが押し当てられた。

唾液を絡めて淫らに収縮する襞にこすりつけられ、それだけで腰の奥が甘く痺れてくる。

欲しくて――この男が欲しくて、とても我慢できない。

「早く……っ！　ディノ…っ」

初めて名前を呼ぶ。

瞬間、中まで一気に貫かれた。

「くっ…、あぁぁぁぁ……っ！」

痛みと熱で意識が飛びそうになる。

しかし根元まで深く埋められ、しっかりとつながった部分から生まれる熱がじりじりと全身に広がっていくのがわかる。

その痛みが、やがて疼くような痺れに変わって。もっと強く、めちゃくちゃに中をこすり上げてほしくなる。

「動いて……」

かすれた声をこぼしたレオの腰をつかみ、男が低くうなりながら激しく自身を出し入れした。

両膝がつかまれ、抵抗もできないまま何度も中を突き上げられ、根元まで埋められる。

何度目か、こらえきれずにレオが達した瞬間、一気に男のモノが引き抜かれた。

そして髪がつかまれると、顔に温かいものが浴びせられる。

しばらくそのまま、放心したようにおたがいの荒い呼吸だけが響いた。

もちろん最初の時以来、アイマスクなしでやったことは何度もある。

が、レオとしては、つけている方が興奮することは間違いない。アイマスクをしている方が、ディノもいくぶん手荒な気がする。

そう、レオがアイマスクをしている時だけ、ディノの敬語が飛ぶのだ。

アイマスクも白く汚されているのだろう。

見えないが、それを想像するとぞくぞくする。

やがて口元に飛び散ったものが親指で拭われ、やわらかな唇が触れて、いくぶん生ぬるくなっていたが心地よい感触が喉をすり抜ける。ワインを飲ませてくれたようだ。

よれよれになったバスローブが脱がされて、男の手がレオの二の腕を撫で、手のひらが頬を包みこむ。

ようやくマスクが外され、おたがいの視線が絡み合った。

「すみません…」

ため息とともに低くあやまった男に、レオは腕を伸ばし、キスを与えてやる。

男の腕がレオの華奢な身体を包みこみ、すっぽりと抱きしめる。

一番好きな場所だった。

男の熱い胸に顔を埋めて目を閉じたまま、おたがいに剝き出しの足を絡め、中心をこすり合わせて、次のタイミングを計る。

まだ…、足りないから。ちょっとしたインターバルだ。

「そういえば、日本にはラブホってあるんだよね。一晩くらい、そこで泊まりたいな」

遊ぶように男の胸を指先で撫でながら、ふと思い出して口にする。

「明日、ハルにいいところ、聞いてみようか。……ああ、狩屋に聞いた方がいいのかな?」

素知らぬふりでその名前を出した瞬間、背中にまわった男の腕に、グッ…と力がこもるのがわかる。

レオはひっそりと喉の奥で笑った。

狩屋の名前を出すのは、ディノが妬いてくれるから。

いつもと違って乱暴に抱かれるのが好きだった。理性や忠誠心も捨てて、全身で、自分を求めてくれる。

だからちょっとだけ、利用させてもらうのだ。

もちろん、狩屋のことは大好きだったけど。

※　※

翌日、狩屋は朝からいそがしく動きまわった。

いつものことではあったが、予定外の面倒な交渉にのぞまなければならなくなったこともあり、いささか気疲れしていた。

そう、レオの相手も、狩屋としてはいくぶん気を遣う部類に入る。ディノが自分に対して複雑な感情を持っていることもわかっていた。……いずれにせよ、狩屋自身にはどう対処しようもないことではあったが。

この日の夕方、狩屋はホテルのロビーラウンジで仕事をしつつ、レオたちの帰りを待っていた。

レオとディノ、だが、今日は遙も都内観光に同行しているはずだ。

六時を過ぎた頃、玄関先に立たせていた配下の男が三人が帰ってきたことを伝えに来て、狩屋はパソコンを閉じて席を立った。

ちょうどロビーの真ん中あたりまで来たところで出迎える。

「カリヤ！」

おかえりなさい、と声をかけたカリヤに、レオが弾んだ声を上げた。

横で黙礼するようにしたディノの眼差しが、今日は少しばかり落ち着いている気がする。

「あいにくのお天気でしたね」

「今の時期は仕方がないけど、雨の浅草寺《せんそうじ》とかは風情があったよ」

穏やかに言った狩屋に、レオが満足げに言う。

「でも、どうしたんだ？」

「あ、ハルのお迎え？　組長さん、怒ってるの？」

首を傾げた遙の横で、レオがちょっとうかがうように尋ねてくる。

「いえ、そういうことでは。少しご相談がありましたので、夕食でもご一緒させていただこうかと思いまして」

ああ…、とレオが察しのいいところをみせる。

「ひょっとして、父さんとの件？」

「ええ。このままというわけにもいかないでしょうし」

「そうだね…。決裂するにも、もうちょっとね…」

レオが苦笑する。

「あ、じゃあ、俺は席を外した方がいいかな?」

気を回した遙に、狩屋は向き直った。

「いえ、そんなことはないんですが、ただ今日は夕食までお引きとめすると、組長が気をもみそうですので」

要するに「遙が帰って来ないっ!」と暴れ出しそうなのである。ただでさえ、一日いなかったわけだから。

そんな婉曲な表現に、遙が苦笑した。

「そうだね」

「ええっ、残念…。ハルともちゃんと食事したかったな。今日のお礼もしたいし」

レオが本当に残念そうな顔を見せる。

「いや、俺も楽しかったから、それは。でも、まだしばらく日本にいるんだろう? 一度くらい時間がとれるといいね」

「うん、また。ぜひ」

微笑んでレオがうなずく。

「車がありますので。お使いください」

狩屋が遙に声をかけ、背後に立っていた組員に軽く顎で合図する。

彼が弾かれたように姿勢を正し、どうぞ、と遙を案内した。

「ホテル内でかまいませんか？」

いったんうなずいたレオが、ちょっと首をひねった。

「ルームサービスか…、ああ、バーでもいいかもね。ランチが遅かったから、まだそんなにお腹が空いてないし」

そんな言葉にうなずいて、高層階にあるバーまで上がった。

六時をまわったばかりのこの時間、まだ客はまばらだ。

コーナーのテーブル席に陣取って、レオと向き合うように腰を下ろす。ディノはおたがいの斜向かいの席についた。

千住のボディガード代わりの人間が二、三人、左右に分かれて狩屋の背後で席をとっていた。

高級なホテルのバーラウンジで、今夜はいささかガラが悪い。もっともビジネスマンに見える人間を連れてきてはいたが。

オーダーを出してから、さて、と向き直る。

「何か方法があるの？　俺もあれからまた電話はしてみたけど、父さん、結構ヘソを曲げてたからなぁ…」

レオがため息をついた。

「うちの組長も頑固ですからね。……それで、ご相談なんですが」

うん、とレオもわずかに身を乗り出す。

「おもしろい浮世絵を一つ手に入れたんですよ。そちらをうちの組長からということで、ベルティーニ氏に受け取っていただければと思うのですが」

「ああ…、父さん、コレクターだから」

「これなんですが」

うなずいたレオに、狩屋は携帯で撮影したその写真を何枚か、スライドさせるようにして二人に見せる。

「えっ…、これって、アレだよね？　いいの？　よく手に入ったね」

驚いたようにレオが目を見張る。

「歌麿ほどではありませんからね。友人にこの手のものを集めている人間がいまして。美意識の高いヤツですから、本物なのは間違いないと思いますよ」

実は、伊万里《いまり》のコレクションの一つなのだ。例の、「ル・ジャルダン・ドール」のオーナー。

店の中に飾っていたのを覚えていて思いついたのである。

今日の午後は伊万里を必死になだめすかし、脅し、おだてて、なんとか譲ってもらうことに成功したのだ。

とはいえ、代償は大きそうだが。

――一つ貸しだからな。

と、悪い顔で言われていた。

「うお…、マジで？　父さん、すごい喜ぶと思うよ。こんなのあったら、イチコロだよ…」

しかしさすがに感心した様子で、ため息をつくように言いながら、レオは熱心に写真を見ている。

「それで、申し訳ないのですが……、そちらからも何か、うちの組長に返礼をいただきたいんですよ」

携帯をしまいながら、狩屋は切り出した。

要するに、双方に対して、相手が詫びを入れてきた、と思わせられればいいわけだ。

さすがにレオは察しがよかった。

ああ…、とうなずいたものの、ちょっと難しい顔をする。

「いやでも…、その浮世絵に匹敵するようなものは思いつかないな…。千住の組長は何か趣味ってあるの？」

「それが、これと言ってわかりやすいものはないんですよ。ただ値段的に匹敵する必要はまったくありません。ただ組長を喜ばせられればいいわけですから」

そういう意味では、なかなかに難しい人である。ある意味、単純でもあるのだが。

「どんなものを喜ぶの？　キャッシュでいいなら簡単だけど」

レオが首をひねった。

「そうですね…、ちょっと難しいですが、それこそ遙さんにプレゼントできるものなら喜びそうな気がしますね」

ああ！　と大きくうなずいたレオだったが、すぐに困惑したように口を開く。

「ハルって何を喜ぶの？」

「それがまた難しいところなんですよ。あまり物欲のない方ですし」

「そんな感じだよね…」

苦笑いした狩屋に、レオもつぶやいた。と、思いついたように顔を上げる。

「いや、でもむしろ、こういう感じのでいいんじゃない？」

「こういう感じ？」

意味がわからず首を傾げた狩屋に、レオが身を乗り出してきた。

「今、ちょっと話題の現代アートで、その手の浮世絵を題材にしてる作家がいるんだよね。結構おもしろいんじゃないかな？　この先、価値が上がるかもしれないし、アートだから部屋に飾っても楽しいしね」

にやっと笑って言ったそんな言葉に、いいですね、と狩屋はうなずいた。

そういうものなら、柾鷹もおもしろがるかもしれないし、アートなら部屋に——遥の、だ——飾ることもできるかもしれない。遥が喜ぶかどうかは疑問だが。

「それとできれば…、その手のNYの最新のグッズを見繕ってもらえるとありがたいかもしれません」

と、思いついて狩屋は付け足した。

「OK。ポップアートな、ね」

狩屋の意をくんで、レオがにやりと笑う。

「ええ、アーティスティックなやつを」

狩屋も微笑んで返した。

話がまとまったところで、レオが携帯を取り出し、さっそく電話をかける。NYにだろう。あちらはまだ朝の、五時、六時といったところだから、呼び出される相手は気の毒なことだ。

「——あ、ジジ？　俺だけど。……そう、日本。ちょっと一人、こっちによこしてほしいんだけど。……ああ、そっちの問題はないよ。まだこれから。そうじゃなくて、お使いを頼みたいんだ。至急、持って来てほしいものがあって」

そこでいったん、レオが狩屋を振り向く。

「その浮世絵ってすぐに手に入るもの？」

「ええ、大丈夫ですよ」

その答えに、再び携帯の相手に伝える。

「それで代わりに持って帰ってもらいたいものもあるから。……そう。できるだけ早く。今日にでも。ああ…、そうだな、ティートがいいかな。あとでこっちに電話させてくれる？ ……うん。よろしく」

それだけ伝えて電話を切る。

「大丈夫だと思うよ」

にっこりと言ったレオに、狩屋も微笑んだ。

「よかったです」

どうやらこの件は、なんとか片付きそうだった。

※　　　※

この日、遙が所用から本家にもどった時、いささか玄関前が緊張している様子があった。

どうやら客が来ているらしい、と察し、さっさと離れへ向かおうとする。

が、その遙を見かけた部屋住みの若いのがあわてたように走ってきた。

「あっ、あの、顧問っ。お帰りになったら、少し顔を出していただきたいと若頭が」

そんな言葉にちょっと首を傾げる。

「客なんじゃないのか？」

「あ、はい。そうなんですけど。……ええと、こないだ来ていたアメリカからの客人です」

「レオ？」

さすがに驚く。

この前本家に来てから、まだ三日だ。

確かに狩屋からは「手打ちの根回しはしましたので、近々和解することになると思います」と告げられていたが、こんなに早いとは思わなかった。

だがまあ、早々に和解するに越したことはない。そもそも仕事に影響を与えるような、重大な齟齬でもないのだ。……おたがいの信条かなんだか知らないが。

レオが来ているのなら、挨拶くらいはしておこうか、と思う。そういえば、夕食の約束もまだ果たされていない。

遙が母屋の玄関を上がり、応接室へ向かっていると、その向かう先から大きな笑い声が響いてきた。

柾鷹の声だ。

ずいぶんと機嫌がいいな…、とさすがにちょっと驚く。

「おう、遙」

縁の方から顔を見せると、柾鷹がすぐに気づいて満面の笑みで声をかけてくる。

「レオ」

それにうなずき、客の方に笑みを見せると、レオが軽く手を振ってきた。ディノも軽く黙礼してくる。

ついこの間と同じ場面だが、先日と違うのは、テーブルに大きめのラップトップのパソコンが置かれていたことだ。そして部屋の隅には、何かパネルのようなものも置かれている。

ふだんパソコンなど触らない柾鷹が何をしてるんだろう、と思ったら、どうやらインターネット電話のようだった。

どうした、いきなり？　と驚いたが、どうやら相手はNYのレオの父親らしい。

五十なかばだろうか。髪はなかば白く、さすがにどっしりとした貫禄がある。

が、紳士然とした様子は、言われなければマフィアのドンとはわからない。……昨今のヤクザも同様、だろうか。

ベルティーニの顔を映し出したパソコンは、ちょうどテーブルを囲むように奥の一辺に置かれている。

レオが早口に遙を父親に紹介し、液晶の中の男が遙にまっすぐな視線を向けてきた。

『息子が世話になったようだな。感謝するよ』

ゆったりと言われ、遙はあわてて英語で返す。

「いえ、とんでもない。お目にかかれてよかったです、ミスター・ベルティーニ。レオはとても才能のあるアーティストのようですから、将来が楽しみですね」

『そうだな。どの道に進むにしても、成功してくれることを祈るよ』

さらりと言われた言葉に、さすがにドキリとする。

どの道――というのは、やはり家業を継ぐことも選択肢にあるわけだろう。

ともあれ、ここはおたがいに理解し合えたらしい。

「和解したんだな」

ちらっと柾鷹に向き直った遙に、おう、と柾鷹がにやにやと楽しそうな笑みで答える。

「ま、あちらさんから丁重な詫びがあったんでね。いつまでもこだわってても仕方がねぇよ」

――詫び？

などというものを、向こうからしてくるとは思えないが、どうやらおたがいにそういう話になっているのだろう。

ちらっと狩屋を見ると、小さな笑みで軽くうなずく。

「いやこれが、こうやって画面越しでも顔つき合わせてしゃべってみると、意外と話のわかる、おもしろいオヤジでなぁ！」

ガハハッ、と柾鷹が膝を打った。

どうやら今回、向こうに通訳はいないらしく、そんな柾鷹の言葉を狩屋が相手に訳している。

『そうなんだ。いや、実に驚いたね。千住の組長にこんなものを贈ってくれるセンスがあったとは…。すばらしいよ！』

興奮したように、画面の中でドンが声を上げる。

いい年の大人だが、本当に子供みたいなはしゃぎっぷりだ。まあ、それはそれで親しみもてるし、可愛いのだが。

というか、何を贈ったんだ？

と首を傾げてしまう。いや、もちろん本当は柾鷹ではなく狩屋が手配したのだろうが。

『これだよ、君も見たかね？』

ドンがいったん画面から消え、カメラが何かの絵を大写しにする。

浮世絵――というか、春画だった。

三人の男女が絡み合っている色鮮やかな構図。

思わず絶句した遙にかまわず、ドンが声を震わせる。

『このダイナミズム！　目を見張るばかりだよ。百年以上も昔にこのようなおおらかな文化が存在したとはね』

「すげぇよなー。三つ巴とか、タコとか、妖怪とか…、もう何でもアリだよなー。なんつーか、感性が豊かなんだな。性愛の描き方が自由だよなー」

柾鷹が手元の分厚い本をめくりながら感心している。どうやら春画の図版らしい。

『その通りだ！　あのイマジネーションはまったくすばらしい！　百年も前のものとはとても思えないね』

「モザイクなんざ、かけてる場合じゃねーっつーの。――あ、ほら、遙っ。柱に縛られてんのもあるぞ？　昔の連中もやってたのかな？」

にやにやしながら、柾鷹が見せてくる。

――どんなところで話が合ってるんだ…、このオヤジたち。

思わず遙は内心でうなった。

いやまあ、それで和解が成立したのならいいことだろうが。

こういうエロ心は万国共通なのかもしれない。そして平和だ。

「もらったやつも大事に飾らせてもらうぜ」

機嫌よく言った柾鷹の言葉に、なんだ？　と思ったら。

レオが壁際に合ったパネルを表に向けた。

わっ、と思わず、声を上げてしまう。

それこそ、春画をモチーフに、一部立体化、デフォルメ化したようなアートパネルだ。ネオンカラーの極彩色で、何だろう…？　未来の春画、みたいな様相である。

よく入国できたな…、という気がして、何かちょっと…、二年前、狩屋がアメリカへ逃亡中の遙のところへ、柾鷹のナニをかたどったやつを持って来たことを思い出してしまう。

そういえば、レオが初めて狩屋と会ったのは二年前だと言っていたから、おそらくあの直後なのだろう。……何となく、微妙な気分である。

「ポップアートだよ、ハル。伝統とモダンの融合だね」

にっこりとレオが言う。

「そ、そうなんだ……」

いや、うん、そうかもしれないが。

遙は引きつった笑みを返すのがやっとだった。

でも正直、あんまり家に飾りたいものではない。どこに飾ったらいいのかわからない。

ともあれ、手打ちになったわけで、おたがい「何かあったらいつでも声をかけてくれ」と友好的に通話を終える。

それでは、とレオが腰を上げた。

「お時間をいただいてありがとうございました」

と、柾鷹に丁重に挨拶し、また、連絡するよ、と遙に人懐っこい笑みを見せる。

それに遙も微笑んでうなずいた。

「時間があったら、今度は鎌倉あたりに行ってもいいかもね」

「ああ、いいな。行きたい」

そんな会話を交わしながら、玄関先まで見送る。

千住の車で送るらしく、乗りこむところで、レオが大きな笑みを見せた。

「じゃ、楽しんでね、ハル」

「え?」

無邪気に言われた、その意味がよくわからない。

いやまあ、あの現代アートを、ということなのだろうか?

「ああ…、うん。ありがとう」

ちょっとついて行けないかも、と思いながら、遙は二人を見送る。

この時遥は、応接室でもらったもう一つの箱の中身をウキウキと物色している柾鷹を知らなかった。

ＮＹの最先端、最新の性愛グッズを取りそろえた箱を——。

end.

あとがき

こんにちは。組長さんたち、無事に出ているでしょうか。

今回のメインのお話は、ちょうど梅雨時でめずらしくタイミングが合っている感じでしたね。出る頃にはちょうどあけてるのかな？　このシリーズは作中できちんと時間が流れているので、そのあたりが発売日と調整できないのですが、今回はジャストでした。

というわけで、すでに連れ添ってウン十年という雰囲気の組長と遙さんですので、その周辺でどんな騒ぎが起こるのか、というのが話の展開になるのですが、今回はしょぼくれた刑事さんを出しましょう、という編集さんとの合い言葉でおっさんが出てくることに。ヤクザもののわりにハラハラドキドキがまったくありませんが、今回は柾鷹、ちょっとかっこよかったかな？　と思います。まあ、当社比ですので、ふだんがダメすぎということもあるのですが。そして今回は狩屋のお話も収録していただいております。若頭のありふれた（？）日常ですね。……うん。祐作くんたちがかわいそうなだけの日常……。そして書き下ろしですが、ひさびさにNYの二人が登場しております。狩屋が例の「愛のキューピット」役で橋渡しした二人ですね。そう考えると、今回は狩屋の出番が多い巻かも。そういえば、このお話でうっかり若頭は伊万里さんに借りができてしまったので、そのうちがっつり取り立てられそうです。どんなことになるのかしら…。

本当に相変わらずの面々なのですが、にやにやわくわくとひととき、お楽しみいただければ本望です。

そして、イラストをいただいておりますしおべり由生さんさんには、いつも本当にありがとうございます。いや、今回の表紙の遙さんが色っぽいこと！　柾鷹いないバージョン（主役…）の大きなイラストを見せていただいたのですが、本当に背中にラインがきれいなんですよ。ぜひいつか、どこかで使っていただきたいです（主役の立場って…）。編集さんにも相変わらずバタバタとさせてしまいまして、本当に申し訳ありません。もうちょっとで、少しは立て直せるはず…。懲りずによろしくお願いいたします。

そしてそこそこ長いシリーズになっておりますが、ここまでお付き合いいただいております皆様にも、本当にありがとうございます。最凶もいつの間にか9冊目、次作が10冊目ということで、少し大きなお話が書けるといいなー、と思っております。柾鷹ももうちょっとかっこよく！　組長らしく！　を目指したいと思います。またお会いできることをお祈りしつつ――。

6月　えだ豆、そら豆、えんどう豆ご飯……。ほわっ。

水壬楓子

※一部ですが使ってみました。

初出一覧

great risk—虎の尾— ／小説ビーボーイ（2015年7月号）掲載
Just another day—ある日の若頭— ／小説ビーボーイ（2014年11月号）掲載
visitors from N.Y.—来日— ／書き下ろし

ビーボーイスラッシュノベルズを
お買い上げいただきありがとうございます。
この本を読んでのご意見・ご感想をお待ちしております。

〒162-0825 東京都新宿区神楽坂6-46
ローベル神楽坂ビル5F
株式会社リブレ内 編集部

リブレ公式サイトでは、アンケートを受け付けております。
サイトにアクセスし、TOPページの「アンケート」から該当アンケートを選択してください。
ご協力をお待ちしております。

リブレ公式サイト　http://libre-inc.co.jp

SLASH
B-BOY NOVELS

最凶の恋人—虎の尾—

2016年7月20日　第1刷発行

■著　者　水壬楓子

■発行者　太田歳子
■発行所　株式会社リブレ

〒162-0825　東京都新宿区神楽坂6-46 ローベル神楽坂ビル
■営　業　電話／03-3235-7405　FAX／03-3235-0342
■編　集　電話／03-3235-0317

■印刷所　株式会社光邦

Printed in Japan
ISBN 978-4-7997-2981-6